illustration TAKUMI TAKAGI

バスタブの中で膝立ちしたまま、
二人は息継ぎをするのももどかしくキスを交わす。
「馬鹿……っ……アシュレイ……やらしい……っ」

しめきりはご飯のあとで

Deadline is after a meal

高月まつり

MATSURI KOUZUKI presents

KAIOHSHA ガッシュ文庫

イラスト★高城たくみ

CONTENTS

★本作品の内容はすべてフィクションです。
実在の人物・地名・団体・事件などとは一切関係ありません。

新緑も眩《まぶ》しい初夏の庭は、草木が自然のまま伸び伸びと健やかに成長していた。

確かに「いい言い方」をすれば、自然の庭だ。

だがそれを見た殆《ほとん》どの人間は「誰も手入れをしない荒れ放題の庭」と思うだろう。

「……参った」

庭に足を踏み入れながら、一人の男が低い声で嘆いた。

長身にして引き締まった立派な体格を持っているだけで、世の男性からは嫉妬と羨望の眼差《まなざ》しを向けられるというのに、彼はそれに加えて、どこか冷淡さを感じさせる端整な容姿と柔らかなカフェオレ色の髪を持っていた。どこからか「ずるい」と声が聞こえてきそうだ。

「こんなことなら、先に庭師を雇っておくべきだった」

耳のいい人間なら、彼の台詞《せりふ》に「日本語を喋《しゃべ》る外国人特有のイントネーション」を聞き取ったに違いない。

彼はつい先日、アメリカから日本へやってきたばかりだった。

アメリカ人にしては感心するほど日本語が上手いのは、彼の父親が日本人で、且つ、多国語教育に熱心だったからだ。

おかげで彼、「久礼原《くれはら》アシュレイ」は、今では数カ国語を難なく操る。

「必要なのは、庭師とハウスキーパー……そしてシェフ、か。面倒だな」

アシュレイはそう呟《つぶや》いて、ぐっと伸びをした。


「総菜の宇野坂《うのさか》」の朝は早い。

野菜を洗って下ごしらえをし、肉を切り、総菜と弁当のおかずを作っていく。

店は、最寄り駅の階段を下りてすぐの活気ある商店街に属しているが、去年の末にクリーニング店と理髪店が店じまいをしてしまってから、商店街からポツンと離れた一番端になってしまった。

普通なら、ただでさえ厳しい立地条件なのに……と空を仰いでしまいそうだが、「総菜の宇野坂」は商店街に属してはいるが商店街の恩恵はあまり関係ない店だった。

なぜかというと、商店街の向かいには中小企業がたくさん入った複合ビルがこぢんまりと、しかし、みっしりと建ち並んでおり、そこの社員たちが「総菜の宇野坂」のいい顧客となっているからだ。

弁当チェーン店の激安弁当には太刀《たち》打ちできなくても、それを補ってあまりある「味のよさ」がこの店にはあった。

「おはよう、兄さん」

総菜用の大きな鍋に乱切りしたニンジンを入れていた「この店の主」である守里《まもり》の背に、高校三年生の弟の爽やかな声がかかった。

少し長めの黒い癖っ毛、くっきりとした二重とほっそりとした顎……と、見ているこっちが惚《ほ》れ惚《ぼ》れするスイートフェイス。何もかも亡き父親譲りの「王子様顔」の弟は、親愛と尊敬の眼差しで兄を見つめる。

弟はどこから見ても王子様だが、その兄である守里はというと「武士」か「騎士」だ。

切れ長の二重は涼しげで、黙って遠くを見ていれば「どこぞの凛々しい若様」で通るのに、子供の頃の「喧嘩《けんか》大将」っぷりが災いして、二十九歳の今でも、商店街の面々には「やんちゃ坊主」扱いをされている。

「おはよう悠里《ゆうり》。もう飯の用意はできているから、母さんと先に食べてろ」

そして今の守里は、黒い短髪を三角巾できっちりと包み、白いエプロンをつけ、その長身でなければ給食のおばさんと同じ格好をしていた。

常連客に「ひょろいだけじゃだめだ、もっと太れ」と言われるたびに、「着やせするんだよ」と言い返してエプロンを持ち上げ、立派な腹筋を見せつける。

そのやりとりを初めて見た客は「きゃっ」と顔を赤くするか、無言で引くかのどちらかだが、大体は総菜の味に免じて常連になっていく。

「あと、冷蔵庫に高菜と油揚げの炒《いた》め物が入ってるから、それも出しておけ」

守里は、弟があくびをする様子を笑顔で見つめて指示する。

俺の弟はあくびでさえ大変可愛《かわい》らしい、と思いながら。

「ん、了解。……今日の弁当のおかずは？」

「豚肉のショウガ焼きと、インゲンとニンジンの天麩羅《てんぷら》、甘めの卵焼き」

「やった」

悠里は両手で小さなガッツポーズをつけると、朝食の支度を調えるために茶の間に向かった。

守里はニンジンの入った鍋に水をひたひたになるまで入れ、昆布を一枚乗せる。そして火を入れた。ジャガイモ、レンコンと続いて、下茹《したゆ》ではこれで終わり。

「よし。十五分で弁当だ」

弟の弁当は、ショウガ焼きの入る場所だけが空いている。

守里は、豚バラ肉を炒める横で、手際よくショウガ焼きのタレを作って火の通り始めた肉に絡めた。本当ならバラ肉でなくロース肉を使ってやりたいところだが、味と量で我慢してもらう。

……ごめんな悠里。毎日の弁当に、そこまで金をかけてやれない兄ちゃんを許してくれ。

その代わり、とびきり旨《うま》いおかずを作ってやるから。

守里は心の中で弟に謝罪した。


「大将おはよう。今日もいい男だね。一枚撮らせて」

バイトの真衣美《まいみ》が笑みを浮かべ、店のカウンターをくぐり抜けたと思ったら携帯電話で守里の横顔を撮影した。

「それは構わないけどな、おい真衣美。お前……今日は早くね？」

店の時計は朝の八時を指している。

「久しぶりに悠里君の麗しい顔を見にきただけ。そしたら、時間まで奥で寝かせてもらいます」

真衣美はにっこり微笑《ほほえ》むと、厨房《ちゅうぼう》に向かって「悠里君〜」と大きな声を出した。

「まったくあいつは」

守里は悪態をつくが、彼女の行動を止めはしない。

飾りの多い面白い髪型をしていても、ふわふわと掴《つか》み所がないよう見えても、彼女はかなり有能だ。何人ものオーダーを素早く受け、優先順位を間違えずに、厨房の守里に伝える。そして、おつりも間違わない。常連だからといって他の客と区別せず平等に接する。

それがまた、「気持ちがいいんだよね」と常連に受けているのも気にしない。つねに自然体で、守里はたまに「彼女は仙人の生まれ変わりなんじゃないだろうか」と思うことがあった。

「さて、と」

守里は、できたて熱々のポテトサラダを大きなバットに敷き詰め、扇風機であら熱を取る。

それが済んだら、銀杏《いちょう》切りにしたリンゴとしっかりと水分を取ったみかんを混ぜ合わせる。みかんは、絶対に缶詰のもの。隠し味として、ほんの少しだけ砂糖を入れると、懐かしくて胸の奥が熱くなる「おばあちゃんのポテトサラダ」ができあがる。

「ポテトサラダに果物《くだもの》は邪道」という購買層も半分ほどいるので、王道もちゃんと用意しておく。

「もう少し暑くなったら、粉ふき芋と野菜のさっぱりサラダに切り替えだな。夏はなんにしろ足が早い」

まさか、「総菜の宇野坂」から食中毒患者を出すわけにはいかない。

守里は、去年の夏に人気のあったサラダのレシピを思い出す。父がそうであったように、守里もレシピの保存をしない。

だから店を引き受けた当初、まだ元気だった母親に「味がなっとらん！」と、よくちゃぶ台返しをされた。

しかし八年も経った今では、父の味を再現できるようになった。そこに自分のアレンジを加えても、母はもう怒らない。

「兄さん、俺もう行くね。すぐ帰ってくるから、夕方は手伝うよ」

弟王子はブレザーの制服がよく似合う。

守里は何年も毎日見ている弟の制服姿を眩しく思った。

「手伝ってくれるのは嬉しいんだが……。希望した大学に行けるように、ちゃんと勉強しろ。な？」

「俺は大学へは……」

「兄ちゃんは、お前が大学に行ってくれると凄《すご》く嬉しいんだけどなー」

「でも……」

「ほら、そんなしょんぼりするな。綺麗《きれい》な顔が台無しだ」

守里は弟の頬《ほお》を両手でそっと包んで微笑む。ちょっと怖い守里の顔が、そういうときだけは随分と人なつこくなった。

「またそうやって、俺を子供扱いするんだから」

悠里は溜《た》め息をつき、「行ってきます」と店を出る。

「気をつけてなっ！」

悠里の通う高校は、ここから歩いて十分の場所にあった。彼は彼で、いつでも手伝えるように店に一番近い高校を探し出して入学したのだ。

それは守里も分かっているが、可愛い弟はとても賢いので、最高学府まで行ってほしいと思っている。

「お互いに物凄いブラコンだねー」

勝手に母屋《おもや》の台所に上がってお茶を淹《い》れていた真衣美は、「相変わらずの光景でした」と勝手に納得した。

「まあな。否定しないぞ」

「悠里君って、恋人いないんだって。あんなキラキラした美形なのに恋人がいないだなんて……ちょっと嬉しいかも」

「いやいや。私がどうこうしようってわけじゃないよ。ただ、あの手の美形ってのは、遠くからみんなで鑑賞するのが正しいんだと思うんだよね、私……」

「はあ？」

それはもしや生け花の感覚か。

守里は「そういうもんか？」と首を傾《かし》げる。

「ということで、本来の出勤時間まで仮眠取りますから。それと、おばさんのことは私に任せてもらっていいよー。大将は集中してオカズ作って～」

そう言って、真衣美は引き戸を閉めた。

「……まいったな。これじゃ、どっちが世話をしてるんだかわからない」

守里と悠里の母・結《ゆい》は、十年前に夫が亡くなってから、女手一つで「総菜の宇野坂」を切り盛りしてきた。しかし今まで二人でやっていたことを一人でやるとなると勝手が違う。

店が繁盛すればするほど、休む時間はなくなる。

駆け落ちして結婚した父母には頼れる親戚はない。

守里は調理師学校を終えてから、総菜の下ごしらえなどを手伝っていた。十一歳年下の弟も、家族で一緒にいられるのが嬉しいと、店の掃除をしていた。

そして、守里が無事に調理師となり、父の味を引き継げるようになった頃。

安心して気が抜けたのか、母が倒れた。

それ以来、彼女は母屋で寝たり起きたりの生活となり、守里が一家を支えている。

守里は、真衣美に詳細を語ったことはないが、彼女も商店街と繋がりができるようになって、あちこちから話を聞いたのだろう。

たまに、今日のように世話を買って出てくれる。

守里が耳を澄ますと、奥から二人の笑い声が聞こえてきた。

やたらと病人扱いしない真衣美の、飄々《ひょうひょう》とした態度を、結はとても気に入っていた。

守里は、母が密《ひそ》かに「息子たちのどちらかが真衣美ちゃんと一緒になってくれればいいのに」と思っていることを知っているが、それは口には出さない。

第一真衣美の趣味は「身長一六〇センチ前後の美少年か美少女」で揺るがない。

その事実を知っているのは一緒に飲みに行った守里だけで、彼は「この秘密は墓まで持って行く」と誓ったのだ。

守里は今のところ、恋をするつもりもされるつもりも……とにかく恋愛に関わることはどうでもいいと思っている。

大事なのは母と弟、そして店と一名のバイトだけ。

それ以外のことに目を向けようとしたら、きっと絶対に失敗する。

「店も、改築したいしなー。サンルームを作れば、母さんも日向ぼっこできるし。気持ちいいだろうし」

取りあえず言うだけはタダなので呟いてみた。

「サンルームはいいぞ」

いきなり話しかけられて、びっくりして顔を上げる。

すると、カウンターの向こうに常連の青年が立っていた。

「あ、おはよう」

挨拶をすると、彼は微妙に挙動不審な態度を見せたが「おはよう」と、俯《うつむ》き加減で言い返した。いつもは弁当の種類しか言わないので、こんな風に話しかけられるとは思ってもなかった。

「シャッターが開いていたから、もう用意が調ったのかと思ったんだが……」

何も入っていないガラスケースを見下ろし、青年が辿々《たどたど》しく笑う。

すると柔らかそうなカフェオレ色の髪が少し揺れた。

顔を合わせたときに目線が少し上がるので、一七八センチの守里より長身だ。いつもパーカーにスウェットというカジュアルを通り越して若干だらしない格好をしているが、弟の悠里と同じか、あるいはそれ以上の美形なので、ちょっと勿体《もったい》ない。

また、この青年は日本語がとても上手いが、一年ほど前に仕事でアメリカから越してきたらしい。らしいというのは、守里が彼の短い言葉を聞いて繋いだからだ。彼は寡黙で、話しかけられない限り、まず自分からは口を開かない。だが他人を寄せ付けない……という空気は醸し出していないので、他の常連客たちは、弁当ができるまでの間、彼を相手によく話をしている。

「この時間だと……散歩ですか？」

「ああ」

そっけない短い返事も、一年近く聞いていると感情が乗っているのが分かる。今は総菜が一つもないので少し落胆していた。

「腹……減ってる、とか？」

「ああ」

彼は「かなり」と付け足して、パーカーの上から自分の腹を撫《な》でる。

「……ポテトサラダならあるけど、それでサンドウィッチでも作ろうか？」

「是非。……ん？　君の店は、パンも扱っているのか？」

「米だけ。でもほら、今は俺の好意ってことで。お代はちゃんと戴くから、気にしないでくれ」

腰に手を当てて笑う守里を見て、青年も納得したようだ。

「よろしく頼む」

「了解。五分、待ってくれ」

守里はきびすを返して厨房に入る。

いつもなら、「ごめんなー？」と謝って終わりにするのだが。

守里は自分の気まぐれを不思議に思いながら、同級生がやっているパン屋の、旨い食パンを袋から出した。それを厚めに切る。

パン用の焼き網をコンロに置き、その上で二枚温める。持ち帰るのなら、こんがり焼いてはいけない。焼いたパンは時間が経つと硬く軋《きし》むのだ。

温まったパンに薄くハニーマスタードを塗り、取り分けておいた王道ポテトサラダをたっぷりと乗せる。その上に、食べたときの食感が楽しいだろうとキュウリの千切りを乗せた。

そして再び、ハニーマスタードを塗ったパンで挟む。対角線に切り、食べやすいように一つずつラップして完成だ。

守里は店の名が入ったビニール袋にパンを入れ、店に出る。

「はい、三百円」

「え?」

「高かった?」

守里は身を乗り出し、「二百円の方がいい?」と、青年の顔を覗《のぞ》き込んだ。

「私は、安すぎるのではないかと思ったんだが……」

「じゃあ五百円」

いきなりの値上げに、財布から小銭を取り出そうとした青年の手がピタリと止まる。

彼の顔には「解せぬ」と書いてあった。

守里はニッと、イタズラが成功した子供のような顔で笑い、「嘘《うそ》、二百五十円ください」

と言う。

青年は納得した様に頷き、三百円を守里の掌に載せた。

「今おつり……」

「いや、いい」

「でもな!」

「繰り越ししておいてくれ。また、昼に来る」

なんだよそれ。

守里は眉間に皺《しわ》を寄せたが、サンドウィッチの入った袋を大事そうに両手で持って歩き出した彼の姿が妙に可愛らしくて、言う通り「繰り越す」ことにした。

「なんか……変なの」

レジを「その他二百五十円」で打ち、おつりの五十円はテープでカウンターに貼《は》る。

いつも作業をする場所に貼り付けてあれば、彼が来たときに気づくはずだ。

「……今度は、一応名前を聞いておこう」

名前を知らない常連は山ほどいる。複合ビルから弁当や総菜を買いに来る会社員たちがそうであるし、近所に住んでいても商店街の関係者でなければ分からない。

それでも、「顔は知っている」から通りすがれば会釈はするし、たまには立ち止まって話したりもする。

守里は「いきなり名前を聞いて、変なヤツと思われないようにしよう」と心に誓った。


ガラスケースには、パック詰めされた煮物や炒め物、サラダがずらりと並んだ。

弁当は「本日の洋食・本日の和食」の二種類だけだが、客たちは誰も文句を言わない。

なぜなら、「総菜＋ライス」という手もあるからだ。

価格破壊のような安さはないが、値段以上の旨さに、みなつられてやってくる。

「大将！　洋食三に和食四！　あと、大盛りライスを三つくださーい！」

今日も今日とて真衣美は八面六臂《はちめんろっぴ》の活躍を見せ、客たちから「よく覚えてるねえ」と感心される。

「いや、それほどでも……」

「厚揚げと豚バラの煮物を二パックと、レンコンのきんぴら、王道ポテトサラダをちょうだい」

近所の主婦が財布片手に大きな声で注文した。

「はいはい」

「こっちは、肉団子のトマトソース煮と野菜サラダとライス小で！」

今度は商店街にある銀行の女性行員。

「はいはーい」

真衣美は飄々と注文を受け、手際よく処理した。

本日の「総菜の宇野坂」も、大盛況で昼のピークをようやく終える。

店の時計は午後一時三〇分を指していた。

守里はぐっと伸びをしながら店に現れ、総菜の在庫を確認する。

「肉団子のトマトソースが完売か」

「あれね、肉団子の甘酢あんかけよりいいみたい」

真衣美は、売り切れ総菜の値段表を下げ、新しいダスターでガラスケースの中を丁寧に拭いた。

「そうか。じゃあ、夕方用にもう少し作っておくかな」

「それがいいと思う」

「逆に、いまいちだったのは？」

「いや、そこまで酷いのはないよ。あー……ただ、麺物はやらないの？　とは聞かれた。いつものこと」

一人で総菜を作っている身として、麺物までには手が回らない。それに、この商店街にはラーメン屋三軒と中華料理屋が二軒ある。

どちらも旨いし、清々しい接客のよい店だ。麺はそっちで済ませてほしいと思っていた。

「なるほどなー」

「あと、焼き魚がほしいと、そんなリクエストがちらほら」

「……焼き魚かー……どうすっかなあ」

ご家庭で温めなおせば済む問題だが、守里はどうしても踏み切れずにいる。

「あれ、あれが美味《おい》しかったよ、大将。鱈《たら》のフリッターに甘酢あんをかけたヤツ。先週のまかない飯。あの総菜はいい」

「よし。冷凍鱈があるから、それでちょっと夕方の総菜を作ってみるか」

「………うちらのまかないは？」

「今日はチャーハンだ。あと、好きな総菜を一つ、ケースから取ってこい」

「やった！」

真衣美はチャーハンに喜び、陳列ケースの中から鶏肉と野菜のショウガ炒めを一つ取った。


「お母さん今日は調子がいいから、あんたらは休んでなさい」

結は昼食の後片づけを息子にやらせまいと、空いた皿を盆に載せていく。

「いやいや、自分の分は」

真衣美は慌てるが、彼女は「疲れてるでしょ？　寝なさい。牛にならない程度に」と言って、皿の載った盆を持って台所へ向かった。

「大将、いいのかな?」

「ああ。あんまり重病人に扱ってほしくないみたいだからな」

むしろ、母にとってこうして家事をする方が気分転換になるのだろう。守里はそう思い、湯飲みに茶を淹れる。

「そうですかー、じゃあ、私は歯を磨いてから寝させていただきます」

「おう、そうしとけ。夕方から忙しくなるからな」

守里はそう言って微笑み、熱いお茶を飲んだ。


真衣美の勤務時間は、朝十一時から午後二時。そして午後五時から閉店八時までという変則だ。彼女は「家に戻るのが面倒だから」と言って、よく宇野坂家の母屋でゴロゴロしている。

今日は清々しくて心地いいのか、真衣美は仮眠を取っていた。

守里はエプロンに三角巾という出で立ちで、夕方までの暇な時間は総菜を追加したり、たまたま遅くやってきた客の弁当を作る。いつもと同じだ。

「いらっしゃい。今日はまた、随分と遅いんだな。あれから二度寝した？」

長身の男がのっそりと歩くから熊に見える。彼は今朝、守里がサンドウィッチを作ってやった常連客だ。

守里は、確実にこちらに向かって歩いてくる彼に手を振った。

「二度寝は魅力的だったが……仕事が、立て込んでいてな」

「そっか。……で、どうする？　弁当にする？　総菜にする？　俺のお勧めは、弁当よりも大根と豚バラ肉の煮物だけど」

青年はゴクリと喉を鳴らし、激しく頷く。グレーのパーカーに紺色のTシャツ、髪と同じモカ色のパンツを穿《は》き、足下はサンダルだ。

「今、冷ましている最中だけど、すぐに家に戻って食べるなら、熱くてもいいよな？」

「もちろんだ」

「他には？　どうする？」

「パンプキンの……あれ、なんと言ったかな……」

「ああ、いとこ煮だな。小豆と一緒に炊いたやつ」

守里はケースの中からいとこ煮を取り出してカウンターに置いた。

「それと、だし巻き卵とポテトサラダ。リンゴが入っている方」

「はいよ。……で、ライスはどうする？」

ずっと陳列ケースを見つめていた青年は、ふと顔を上げて瞬きをする。長いまつげが優雅に揺れた。

守里は思わず見惚れ、感嘆の溜め息をつく。

「パンは……売ってもらえんのか？」

「パンか。パンなら、ここから駅に向かって商店街を歩いて行くとな、三百メートルぐらい先に旨いパン屋があるから、そこで買うといい」

「そうか……わざわざありがとう。では会計を頼む」

青年がパンツのポケットから財布を出すと同時に、守里は「一〇五〇円です」と笑顔で金額を言った。

安すぎると思ったのか、青年は「え？」と聞き返す。

「間違ってねえって。大根と豚バラの煮物が四〇〇円、いとこ煮とだし巻き卵が二五〇円ずつ、ポテトサラダが二〇〇円。合計で一一〇〇円。けど五〇円預かってっから、その分を引いて一〇五〇円。あんた、いつも弁当だから総菜の値段までは覚えてねえよな」

「ふむ」

「まいどあり」

守里はきっちり一〇五〇円を受け取るとレジに打ち込み、レシートを彼に渡す。

普通の客なら、ここできびすを返す。しかし青年は守里を見つめたままだ。

「ん？　パンが残ってるか不安なら、俺がパン屋に電話しておいてやろうか？」

「いや」

「やっぱりライスも買ってく？」

「そうではなく」

「じゃあ、なんだよ」

「明日の朝も……君が作ったサンドウィッチを食べられるだろうか」

じっと見つめてくる、清々しいほど端整な顔。灰緑色の目が期待で光っているのがなんとなく分かってしまった。

さてどうしようか。

守里は青年と見つめ合ったまま、困惑した。

自分の作った物を喜んで食べてくれるのは嬉しい。しかもこれはリクエストだ。できれば応えてやりたいが……朝から店を開ける体力が続くかどうか問題だ。

目の前の美形青年だけを優遇するわけにはいかないので、朝からやるとなったらきっちり店を開かなくてはと、守里はそう思った。

しかしそれは、できそうでできない。実質一人で調理の下ごしらえから仕上げまでをしているので、疲れはたまる。土日定休は幸いだが、それでも一日中寝ていられるわけではないのだ。町内会のつき合いや、会合、帳簿づけに家の掃除。天気のいい日は、母親を散歩に連れて行ってもやりたい。可愛い弟もないがしろにはできない。一家の大黒柱であるお兄ちゃんは、仕事以外にもやることが山ほどあった。

なので、苦渋の決断をする。

「申し訳ない。今朝のは、本当に俺の単なる気持ち。サービスだ。だから、明日からはいつも通りランチタイムに来てくれ」

「……そうか。残念だが我《わ》が儘《まま》を言うわけにもいかんしな」

青年は少々年寄り臭い口調で言うと、ゆっくりときびすを返した。

広い背中がゆっくりと遠ざかる。

ゆっくり……というか、「とぼとぼ」という音が似合いそうな、寂しい後ろ姿だ。ほんのちょっと強い風が吹いたら、倒れて転がっていきそうな気がする。

美形の着ぐるみを被った子供のような、そんな頼りなさを感じた。可哀相《かわいそう》オーラが体から溢《あふ》れ出ている。

「…ああもう、仕方ねえな」

守里はカウンターの戸を開けて外に飛び出すと、青年に向かって走った。

「なあ、ちょっと！　おい、そこの……お兄さんっ！」

自分でも、言っていて気恥ずかしい。

守里は少し顔を赤くして、ぼんやりと歩いていた青年の腕を掴んだ。

すると彼は、物凄い勢いで振り返る。

「え？」

「いや、こっちのが驚いた。何、今の勢い」

「……あー、仕事のことを考えていたから注意力散漫だったようだ。すまない。で？　なんの用だ？」

「常連さんを残念がらせたまま帰せねえっての。来月、『常連さんを囲んで、年に一度の食事会』ってのをやるから、是非参加してくれ」

「食事会……？」

「そう」

いくら美味しい総菜でも、定番だけでは飽きが来る。そこで「総菜の宇野坂」は、常連客を招いて年に一度の試食会を開いていた。それは守里が店を継いでからも変わらない。

「俺は数え切れないほど買いに来ているが、誘われたのは初めてだ」

「あんた、去年の食事会の時にはまだ常連でもなんでもなかったじゃないか。うちじゃ、コンスタントに一年を通して総菜を買ってくれる人たちに、日ごろの感謝を込めて試食会を開いてるんだ」

「ほほう。……では、新作も出ると？」

「全部新作だ。で、常連たちの歯に衣着せぬ批評をもとに、新しい総菜を決める。な？　楽しそうだろ？」

新作の試食会に興味が湧いたらしい青年は、何度も深く頷いた。

「その日は何があっても空ける。是非とも参加させてくれ」

「日時が決まったら教える。……で、あのな、一年もずっとうちの総菜を買ってくれてるのに、今更こんなことを言うのも恥ずかしいんだけどさ、あんたの名前、教えてくれ」

守里は照れくさそうにエプロンのポケットに手を突っ込んで、「俺は宇野坂守里と言う」と言った。

「俺は、久礼原アシュレイだ。作家をしている」

彼が職業を付け足したのは、おそらく「お互いの職は知っておくか」という単純な理由からだろう。

「ん？　あれ？　もしやハーフ？　俺はてっきり、外国の人かと思ってたんだけど」

「父親が日本人だ。今はアメリカ在住だが」

「そっか。……でも、日本に来て作家になるなんて凄いよな」

「いや。もとから作家。日本へは重要な用があって来た」

取材かなにかだろうか。

守里は「取材旅行先で殺人事件発生……」と、サスペンスドラマのようなものを想像して、思わず頬を緩ませる。

「……まあなんだ、いろいろ大変だと思うが頑張れ。で、やっぱ〆切りとかあるのか？」

「一応。エージェントがうるさい。日本に来るときも『原稿を終わらせてから帰国しろ』と言われた」

アシュレイはうんざりした声を出すが、それでもどこか楽しそうだ。きっとエージェントとの関係がいいからだろう。

「あんまり長く引き留めても悪いから、これで。パン屋に寄るなら、ここから三百メートル先だぞ、アシュレイさん」

「アシュレイでいい。さんづけは慣れてないんだ」

「そっか。じゃあ、俺のことも呼び捨てで構わないぜ」

守里は「常連だし！　っつーか、俺ら友だちか？」と人なつこい笑顔を見せて、アシュレイの腕を親愛の情を込めてバシバシ叩く。

「では、俺はパン屋へ行く」

「おう。気をつけて帰ってくれ！」

小さく頷いて商店街のパン屋に向かうアシュレイの後ろ姿を途中まで見送った守里は、すっきりした気分で店に戻って来た。

アシュレイ、か。外国人のわりにはあまりバタ臭くないなと思ってたら、ハーフだったのか。なるほど。しゃべり方が少し古くさいのは、きっとあれだ。時代劇でも見て日本語を覚えたんだな。

守里は勝手にあれこれとアシュレイのことを想像しながら、カウンターに「ご用の時は呼んでください」の札を立てかけて、奥の厨房に向かう。

里芋とイカの煮物がいい香りを漂わせていた。

「あとは……箸休め用の浅漬けを容器に入れて、鶏ハムを半分に切って……と」

あー……この鶏ハムも持たせてやればよかったな。うちの鶏ハムはいつも争奪戦なんだぞ、アシュレイ。そのままでも旨いが、厚めに切って強火のフライパンで焦げ目をつけて、大根おろしを乗せて食べても旨い。スパゲティの具にしてもいいんだぞ？

巨大な寸胴《ずんどう》鍋の中では、たこ糸で緊縛されてハムっぽい形になっている鶏肉たちが、たっぷりのスープにとっぷりと浸かっている。

中に火が通りきるまで煮てしまうと、鶏ハムはパサパサになる。ジューシーな鶏ハムにするには、すべてを予熱に任せればいい。

守里はトングで鶏ハムを一つ掴み、ころりとまな板に転がして、器用にたこ糸を解いていく。そして、ほんのひと切れ味見をして深く頷いた。

柔らかくてジューシー。鶏の出汁《だし》とあっさりした塩味が合体し、これだけでどんぶり飯が三杯は食える。浸かっている汁は、当然万能スープへと変化する。

「よし。今日の鶏ハムも旨い。これは鶏ハム丼にして悠里のおやつにしてやろう」

男子高校生のおやつは主食とあまり変わらない。

それに守里は、躾《しつけ》の一環として弟にやたらと菓子を食べさせなかった。買い食いしたいと言われたときに「だったら兄ちゃんが作ってやる」と胸を張り、数え切れないほどの菓子を作った。

それも思春期までのことだと守里は理解していた。なにせ、中高生にも「つき合い」がある。「兄ちゃんの手作り菓子」は、中学生になったら卒業だなと守里は思っていた。

なのに気がついたら、守里の作る菓子は悠里の友だちも好きになっていた。

弁当と一緒に「デザート代わりに食え」とチョコクッキーやブラウニーを入れてやって

いたが、悠里が友人に食ってみろと分けたところ、その友人が「こんな旨いクッキー初めて食べた」と感動したそうだ。

それ以来、気が向いたときには大量に菓子を作り、弟に「友だちによろしくな」と、ラッピングして持たせている。

「クッキー……か」

守里はさいの目に切った鶏ハムと白髪ネギを、鶏ハムスープと小さじ一杯の醬油《しょうゆ》、ラー油三滴、ごま油小さじ一杯を混ぜたものにつけ込んだ。

これで、弟が腹を空かせて帰ってきても、すぐに鶏ハム丼を出せる。

そして夕方の総菜用に、最後に一つ追加する。鱈のフリッター甘酢あんかけだ。

冷凍庫から取り出した鱈は自然解凍を始めている。

「卵の白身と、小麦粉と……」

本来なら試食会に出すメニューだが、ほんの十パックだけなら「幻のメニュー」として店頭に並べてもいいだろう。

守里はそう思い、冷蔵庫から卵を取り出す。

「黄身が余るのか。だったら味噌《みそ》漬けにするか、それとも……。ああ、プリンに使おう」

いつもよりちょっとだけ豪華だが、体が弱くなった母にはきっといい栄養になる。

少し余分に作って、真衣美に持たせてやってもいい。女子は甘くて柔らかい物が好きだから、きっと喜ぶ。

そのとき、ふと守里の脳裏にアシュレイの顔がよぎった。

毎日の様に店に来て、弁当を買って帰る。きっとデザートはコンビニのスイーツだ。いや、コンビニスイーツもなかなか旨いが。

だが、こうも毎日外食ばかりでは、手作りが恋しくなったりしないんだろうか。

「あー………俺の手作り総菜を食ってるか。そうだった、そこを忘れてた」

俺の作った物を毎日食べるなら……平気だわな。問題は栄養の偏りだ。好きな総菜だけでなく苦手な物にもチャレンジしてもらいたい。もしかしたら食わず嫌いかもしれないし。大丈夫、俺は青い天麩羅を作ったり緑の飯とか絶対に炊かないから。

守里は、今夜もしアシュレイが店に現れたら、こっそりとプリンをお裾分けしてやろうと思った。「たまには手作りのデザートを食べてみろ」と言いながら。

「なんとなーく……庇護《ひご》欲をかき立てられるんだよな。あいつって」

守里が独り言を呟いたと同時に、悠里が「ただいま兄さん。腹減った何かある？　食べたら店を手伝うよ」と言いながら帰宅した。

「絶対に仕事を手伝う」と頬を膨らませていた悠里は、守里に説得されて母屋に戻った。

その気持ちだけで充分なのだ。弟には学業に専念してもらいたい。

守里は新しい三角巾を頭にきゅっと巻き、意識を切り替える。

これから、「総菜の宇野坂」の夕方ラッシュが始まるのだ。


「ありがとうございますっ！　明日もまた、よろしくっ！」

総菜とライスの入った保冷バッグを右手に持って、真衣美は守里に深々と頭を下げた。

「余りモンで悪いな。けどな、味は保証すっから」

「いやー、いつもいつもあざっす。自宅用の鶏ハムまでもらっちゃって、真衣美ヤバイ、超ヤバイ。これで今夜は、彼氏とささやかな晩餐《ばんさん》会を開けまっするまっする」

真衣美は意味不明な言葉を飄々と言って、無邪気な笑顔を見せる。

「え？　彼氏がいたのか？」

「できたばかり。さっき、携帯にメールが入ってた『こないだの件、オケ』って」

なんだそれは。

二十歳かそこいらの娘が、そんな返事で恋人同士になっていいのか？　いや、年齢は関係ないか。しかしうら若き女子が……。

守里はすっかり「お兄ちゃん気分」になり、真衣美を心配そうに見つめる。

「美少年との恋愛っすよ？　長く続くように祈っててくださいよー」

「いくらでも祈ってやるさ」

「あざっす。そんじゃ大将、私はこれで失礼します。お疲れでした。悠里君もお休み～」

真衣美はそう言って、足取りも軽く駅へと向かった。

「彼氏って……どんな人かな」

しばらく真衣美の後ろ姿を見守っていた悠里は、ふと兄を見つめて笑う。

「お前より綺麗ということはないだろ。兄ちゃんは、お前が世界一の美男だと思っている」

「ははは。兄さんは相変わらず…………あれ？」

悠里は途中で口を閉ざし、眉間に皺を寄せて前方を指さした。

「こら、指さしはするな」

「俺、あの人を見たことある」

「は？」

弟が指さす先をなぞって視線を向けると、そこには眠そうな顔のアシュレイがいた。

「こんばんは。夜の散歩か？」

「…………ああ。眠気覚まし」

「そっか」

「腹も減ったから、ついでに寄ってみた」

アシュレイは無造作に髪を掻《か》き上げ、視線を守里から悠里へと移動させる。

「こいつは弟の悠里で、高校三年生。悠里、この人は久礼原アシュレイと言って、うちの常連さんだ」

守里を挟んで向かい合っていた二人は軽い会釈をした。

アシュレイは寡黙なたちのようで、悠里は若干人見知りがある。そんな二人の間で会話が始まるわけがない。

「まったくお前たちと来たら……」

苦笑を浮かべる守里に、アシュレイは「もう閉店なのか？」と尋ねる。

「三〇分も前に閉店した」

「そうだったか。……仕方がない」

アシュレイは表情も変えずにそう言うと、小さな溜め息をついて大通りに向かった。

長身にもかかわらず、またしても、風に吹き飛ばされそうな弱々しさだ。

信号を渡ったところにはコンビニエンスストアがある。きっとそこで何かを買って腹を満たすのだろう。

守里は当然のことを言ったのだが、突然、どうしようもない罪悪感に襲われた。

果てしない「可哀相オーラ」が、アシュレイから湧き水のように溢れている。それが大量に自分の足下を濡らして、体やら服やら心やらが重たくなったような錯覚を感じた。

なんなんだこのプレッシャーは。こんちくしょう……っ！

可哀相の海で溺れかけているアシュレイに、守里が男らしく手を差し伸べた。

「おいっ！　おい、ちょっと待てよ！　アシュレイっ！」

アシュレイはぴたりと足を止め、ゆっくりと振り返る。

そして、よろめきながら守里のところに戻って来た。

「いくらだ？」

守里はまだ何も言っていないのに、アシュレイは震える手でパーカーの中から財布を取り出す。

「いいから、うちで飯を食っていけ」

アシュレイのしょぼくれた顔が、いきなり引き締まった。その横で、悠里は「兄さんは何を言ってるの？」としかめっ面をする。

「……いきなりだが、構わないのか？」

「俺だっていきなり思ったんだからいい。そうそう、うちの鶏ハムをまだ食ったことないだろ？　鶏ハム丼を食わせてやる」

いくら相手が常連だとしても、通常ここまで世話を焼くことはない。

しかし守里は、アシュレイの店への懐きぶりに、昔母屋に遊びに来ていた野良猫の姿を重ねた。彼はここいら一帯のボス猫で、つねに冷静で雄々しい白猫だったが、守里から魚のアラをもらうときは信じられないほど可愛い声で鳴き、盛大に喉を鳴らしていた。

守里は彼を飼おうと何度も試みたが、彼はそのたびに守里に手厳しく接した。それならばせめて食事とトイレぐらいはうちでして、よそ様に迷惑をかけるなと、犬のように庭に猫小屋を作った。彼は、その猫小屋を大層気に入ったようで、寿命をまっとうしたときも、守里が作った猫小屋の中だった。

守里はそのときのことを思い出すたび、「もっと旨い物を食わせてやればよかった」と後悔した。

だから……というわけではないが、いやそういうわけか、守里はアシュレイにボス猫を写し重ねた。もっともボス猫の方は、こんな可哀相オーラなど微塵《みじん》も出していなかったが。

「ほら、こっちだ」

守里はアシュレイを手招きすると、店の中に入っていく。

アシュレイもそれに倣った。

「……まったく兄さんは、お人好しなんだから」

悠里は溜め息をつき、彼らの後を追った。


「あらそうなの。アシュレイさんは作家さんなのねー。どういった物を書いているの？ 翻訳されている？」

「サスペンス物、です。日本で翻訳されているのは半分ぐらい」

「私はサスペンスが大好きなの。今度買うわ。ペンネームは何？」

アシュレイは鶏ハム丼を食べながら、守里と悠里の母である結の質問に律儀に答える。

「母さん。食べてる途中で話しかけるな」

茶を淹れた湯飲みをアシュレイの前に置きながら、守里が苦笑を浮かべた。

「だってお前が、こんな綺麗なお友達を連れてきたりするから」

「店の常連さんだって。兄さんはそう言ってたけど」

昔ながらのお茶の間で、みなが楽しそうに話をしている中、悠里だけがどこか不機嫌そうな顔でテレビを見たまま言った。

「外国の人も、日本のお総菜やお弁当を食べるの？　醤油とか平気？」

「……父が日本人で刺身好きなので」

「ハーフ！」

母は息子たちに顔を向け、瞳を輝かせながら「ハーフ」と再び言った。

「母さん。あんまりはしゃぐとまた熱を出すぞ。『息子の孫をこの手に抱くまで死ねないわ』って決めてるなら、少しは静かに養生してくれ」

確かに、趣味の洋裁をしながら、のんびりとした生活を送っている母にとって、アシュレイの訪問は大事件だ。

しかしここは、自重してもらいたい。

「はいはい、分かりました。じゃあ母さんは自分の部屋に引っ込みます。アシュレイさん、泊まっていってもいいのよ？　部屋も布団も余ってるし。じゃあね」

結は慎重に立ち上がり、アシュレイに微笑んでから茶の間をあとにする。

アシュレイはぺこりと頭を下げ、再び食事に没頭した。

「兄さん。やっぱり俺は、明日から店をきっちり手伝うから。だから兄弟で店を盛り上げていこう。ね？」

ここでいきなり何を言い出すんだ……と、守里は目を丸くして弟を見る。

「何言ってんだ。宇野坂家を盛り上げたいなら、まずお前は大学に向けての試験勉強だろ？」

「だから、俺は大学に行かない。卒業したら兄さんと同じように調理師の学校に行くか、税理士の専門学校へ行く」

「お……？」

今までは「大学に行かないで店を手伝う」としか言わなかった悠里は、今夜に限って一歩前進したようだ。

「調理師は間に合ってるが……税理士は、いいかもしれん」

節税は大事だし、税理士にかかる出費もバカにならない。

「ね？　だから……」

「その前に、もうすぐ三者面談があるだろ？　俺が母さんの代わりに行くから、そこで先生と相談しよう。話はそれからだ」

賢い弟が税理士になってくれるのは嬉しいが、大学を卒業してからでも遅くはない。

悪友たちは「年の離れた弟妹は可愛いと言うが、それは都市伝説だ」と力説するが、守里は本当に弟が可愛くて大事に思っている。誰かにブラコンと言われても、胸を張って「そうだ」と頷く自信があった。

「兄さん……」

「俺はお前がとても大事だから、簡単に未来を決めてほしくない」

「俺、兄さんの弟でよかった……」

キラキラと輝く美貌の少年が、頬を染めてはにかむ姿は眼福だ。今夜はきっといい夢が見られる。守里はそう確信した。

と、そこに。

「ごちそうさまでした。……大変、美味だった」

山盛り鶏ハム丼を食べ終えたアシュレイが、空の丼に箸を置き、守里に深々と頭を下げてから湯飲みに手を伸ばす。

兄弟愛に対する感想はない。

「おおっ！　いい食べっぷりだなっ！　やっぱタッパがあると入る量も違うもんか。感心した。デザートもあるんだが、食ってく？　俺の手作りプリン」

「是非」

遠慮なしの即答に、守里は笑顔で腰を上げた。


「今まで食べたプリンの中で、これが最高だ」

一口食べた途端、アシュレイは守里を賛美する。

「料理も菓子も作れるのか……侮り難し、日本男児というところか」

「大げさだ。特に甘い物は、分量通りに作っていれば絶対に間違えない。失敗したと文句をいうヤツは、目分量で材料を扱っているだけだ」

「真理だ。俺も常々そう思っている」

「ただし、やっぱり……経験も大事だ。最初から一〇〇％完璧なものは作れないからな」

「なかなかの謙虚さに、好感度急上昇と言ったところか」

アシュレイは「ふむ」と小さく頷き、瞬く間に容器を空にした。

勿体ないからとチビチビ食べず、豪快に食すところが清々しい。

「どうする？　もう遅いから泊まっていくか？」

にっこり笑って「世話好きな兄ちゃん顔」を見せる守里の後ろで、悠里が「相手に迷惑だろっ！」と大声を出した。

彼はアシュレイのことを思って言ったのではない。兄を取られたくないという、たわいのない独占欲が言わせたのだ。

「好意は大変嬉しいが、私には仕事がある。気持ちだけ受け取る」

「そっか。まあなー、作家先生じゃ仕方ねえな。で？　ペンネームを教えてくれ。捜して買うから」

恋愛物でなければ、守里はなんでも読む。特にホラーが大好きだ。きっとサスペンス物も楽しく読めるだろう。

「アシュレイ・エヴァーツ。母親の姓を借りた」

「えっ！」

悠里がいきなり大声を上げたので、守里は驚いて「どうした」と尋ねる。

「俺……何冊か持ってる。兄さんもさ、読んで面白かったって言ってたじゃないか。ええと……『階段下の』」

「『階段下の子供』だ。読んでて鳥肌が立ったな。凄く面白かった。でもあれ、ホラーだろ？　アシュレイはサスペンスを書くと……」

守里はタイトルを言い当てて、首を傾げた。

「兄さん、あれは厳密にはホラーじゃない」

守里は「幽霊やクリーチャーが出てきて、人が無惨な殺され方をしたらホラー」だと思っているし、その本はすべてをクリアしているから、てっきりホラーだと思っていた。

「なるほど……でも面白かったからよしとしよう」

「凄い確率で日本の読者に出会った」

アシュレイも感心した声を出す。

「だったら……ここでのんびりしてる暇なんかないだろ。早く自分ちに帰って、新作を書け。日本語に翻訳されるまで随分時間がかかるだろうからな！」

ついさっきまで「泊まれ」と言っていた守里は、アシュレイを笑顔で追い出し始めた。

「え」

「言ってたじゃないか。エージェントが新作を待ってるって。だから、早く帰れ。夜道の一人歩きが不安なら、自転車を貸してやる」

「いや、一人で帰れる。ごちそうさまでした」

アシュレイは深々と頭を下げて礼を言った。

「確かに……最初はなんでこいつをと腹立たしかったけれど、ああいう帰し方はないんじゃないか？　兄さん」

悠里はテーブルを拭きながら、洗い物をしている兄の背に声をかけた。

「ん？」

「だーかーらー、アシュレイさんの帰し方が酷いって」

「あれか。仕事は大事だろ。それに……十年前からそこにいる猫って感じで、茶の間に馴《な》染《じ》んで、ずっと居座りそうだったから、またすぐ来るって！」

庭で飼っていたボス猫もそうだった。気がつくと、十年前からそこにいると言っても過言ではないほど、宇野坂家に馴染んでいた。

「はは。ボスみたいじゃないか」

「そう。……あいつ、ボスに似てるんだ。あんな可哀相な態度を取るくせに」

守里は布巾で手を拭き、薄汚れてはいたが雄々しい目つきの飼い猫を思い出す。

悠里は「相手は人間だろ」と言って、畳に寝転がって笑った。

「常連さんは大事だが、あんまり甘やかしてもな」

「ふうん」

「おい悠里。あいつはこれからも、ずっとうちの常連さんなんだから、ふて腐れた態度は取るなよ？」

守里は腕を組んでキッチンシンクに凭《もた》れ、寝転がっている弟に釘を刺す。

「兄さんが俺の知らない人と楽しそうに話していれば、そりゃ、腹も立つよ。だって俺は、自他共に認めるブラコンなんだ」

「キラキラした美形が自信たっぷりに言うことじゃねえ」

「でも俺、兄さんが大好きだし。こんなに兄さんの幸せを願ってる弟は、世界広しといえども俺だけだと思う」

「俺だってお前の幸せを願ってる。早く悠里の彼女が見たいな。絶対に可愛い彼女だと思ってんだけど」

守里はゆっくりと弟の傍に行き、腰を下ろした。

「美男美女のカップルなんて最高じゃないか」

「俺……女子に幻想は抱いてない。恋人なんて、別にいてもいなくても……」

「女の子に興味がなかったらどうすんだよ。お前一生童貞でいいのか？」

「童貞じゃないし」

悠里は面倒臭そうに言って体を起こす。

「そうかよかった」

守里はそこまで言ってから、弟の重大発言に気づいた。

いつも「兄たん、兄たん」と守里のあとを笑顔で追いかけていた可愛い弟が、実はもう大人の仲間入りを果たしていたとは。

「そうか……これで悠里も大人だな。今の俺は、お前と思いきり酒を飲みたい気分だ」

「飲もうよ兄さん」

「未成年が調子に乗るな。……でもな、兄ちゃんは……お前が初めて酒を飲むときの相手になりたい」

きっと天国のオヤジもそれを望んでいるはずだと、守里はそう付け足して弟の頭を乱暴に撫で回した。

「絶対にそうする。俺は兄さんと一緒でなければ酒は飲まない。これでいいんだよな?」

「ああ。……さて、そろそろ寝るとするか」

「うん」

戸締まりも火の元の点検も、もう終わっている。

二人は母を起こさないように、静かに階段を上がって自分たちの部屋に入った。

「でな？　一年ぐらい前から、あの屋敷には外国人が住み着いてるって話だ」

スーツ姿の男は、守里が仕込みをしていても構わずに口を開く。

この男は波田野《はたの》と言い、守里が小学生の頃からの友人で、今は冷凍食品会社の営業をしている。今日は「近くまで来たから」と、自主的休憩を取っていた。

最初は「おばさんは元気？」「悠里君って、今年で何歳だっけ？」と、当たり障りない会話だったが、ふと会話が途切れたのを切っかけに、本題に入った。

二十年ほど前、守里たちが小学生だった頃に、「外国人がひっそりと暮らしている屋敷がある」という話が広まった。誰が広めたのかは分からない。噂《うわさ》話とはそういうものだ。

ちゃきちゃきの下町商店街を遊び場に育った守里たちは、外国人はテレビでしか見たことがない。もっと詳しく話を聞いたら、住所は近くだという。しかも噂に尾ひれがついていた。「どこぞの国のスパイ」や「極悪非道のシリアルキラー」など、どう考えてもマンガか小説のキャラクターだ。二十九歳の今なら「なんだそりゃ、アニメかよ」と突っ込む事ができるが、当時の自分たちは違った。とにかく冒険がしたかったのだ。

「しかし、あの幽霊屋敷が売れるとはなあ。溝口《みぞぐち》のヤツ、何も言ってなかったぞ」

守里はふと、外国人の常連の顔を思い浮かべたが、最近はご近所にちらほらと外国人の姿を見るし、一人で豪邸に住むとも考えられない。だからうちの常連と幽霊屋敷は無関係だろうと結論づけた。

溝口は商店街にある不動産屋の息子で、守里と波田野とは小学校から高校までずっと一緒の腐れ縁だ。面白い情報があったらみんなに話したくてたまらないという、ちょっと困った性格の持ち主だが、その情報の恩恵にあずかったことも多いので、今でも友人関係は続いている。

「おしゃべりの溝口が口を閉ざすほどだから、あの屋敷を買った相手に幽霊話は伝わってないんだろうと、俺は思った。なあ、煙草《たばこ》吸っていい？」

守里の返事を聞く前に、波田野は煙草を銜《くわ》えて火をつけた。

「ああ。俺もそう思う。ジャパニーズホラーは、外国人にとってシャレにならんらしいからな……って、お前、換気扇の下へ移動しろ」

守里は店内が煙草臭くなるのがいやで、友人に場所移動を命じた。

「はいはい。……でさ宇野坂、あのとき俺たちが見たもの、覚えてるか？」

「覚えてる。大騒ぎになったからな」

守里は苦笑しながらキュウリを千切りにし、二十年前の「夜の大冒険」を思い出す。

「今あそこに住んでる外国人が何も知らないということは、当然『あの箱』のことも知らないというわけで……」

波田野は旨そうに煙草を吸い、ぷはーと紫煙を吐いた。

「俺たちだって、『あの箱』がなんなのか分かってねえ」

守里はそう言って、調味料が入っていた空き缶を灰皿代わりに波田野に差し出す。

「まあね。けどさ……きっとまだ埋まってんたぜ」

深夜の冒険は、溝口の母親が「うちの子がいなくなった！」という悲鳴で終了した。しかもいなくなったのが溝口一人ではなく波田野や守里、そのほか当時仲の良かった連中ばかり六名だったので、集団誘拐かと町内会と商店街、警察と学校関係者までを巻き込んだ大騒動になったのだ。

「耀子《ようこ》先生……元気かなあ。えらい世話になったよな俺たち」

「元気だぞ。たまーにうちの店に寄ってくれる。『あんたたちは、私が今まで受け持った生徒の中で、一番手がかかった』って、ことあるごとに言われんだ」

「……なあ宇野坂。今度二人で、『あの箱』を掘り起こしに行かないか？」

「おいおい。住居不法侵入で訴えられるぞ。外国人は訴訟好きって聞く」

守里は眉間に皺を寄せて首を左右に振った。

「お前だって気になるだろ？　気になるからこそ、今もこうやって思い出せる。あの夜、外国人の子供の幽霊が、裏庭に何を埋めていたか……」

波田野の声が急に囁《ささや》き声になる。

ぞくり、と。守里は当時のことを思い出した。

「そいつ」は、右手で持ったスコップをずるずると引きずり、左手には箱を持っていた。月夜に光る金髪。瞳は月光に反射して銀色に見える。着ている白い服も反射する。

それはとても美しくて、人ではないと思った。そう思ったのは守里だけではない。冒険に出たもの全員が、「あれは人ではない」と認識した。

幽霊にしては綺麗すぎるような気がした。スコップで一生懸命穴を掘っている姿も現実離れしていた。だからあれは多分精霊とか妖精とか言われるものなのだと、そんなことを思いながら見惚れた。だがそれも、波田野のくしゃみで台無しになった。

子供はぴたりと動きを止め、音のした方を振り返る。

そして、守里たちには理解不能な言葉で怒鳴ると、突然向かってきた。

どこをどう逃げたのか、よく覚えていない。ただ、少しでも走る速度を緩めたら、一瞬でも振り返ったらそれですべてが終わってしまうような、絶望的な気持ちだったことだけは覚えている。

恐怖のあまり笑いながら走っている守里たちを警察が発見した。

みなたった九才であったが、人間は恐怖の度が過ぎると笑ってしまうことを覚えた。

「なんか……胃が痛くなってきた。あんまり思い出させせんな、波田野」

「だってさー。あの幽霊が追ってくる程の物だぞ？　『あの箱』は。絶対にお宝だって」

「それは俺も気になるが……やっぱやめとけ。呪いのアイテムだったらどうする。お前はゲームでも、すぐに呪いのアイテムを主人公に着けさせるうっかりじゃないか」

守里は、大きなボウルに米酢と砂糖を入れて混ぜ、そこに醤油を少々とラー油を数滴垂らす。冷ましておいた茹で鶏を鍋から取り出し、丁寧に縦長に裂く。横の鍋では、春雨と一緒に千切りのニンジンが茹でられていた。

「でも気になって仕方がないんだわ。……あーあー、相変わらず手際のよろしいこと。うちの食材を使う予定は？」

「エビフライに使える有頭エビと、炒め物用のむきエビなら欲しいな」

「同じ冷凍でも、うちは加工食品なんだけど。知ってるくせに酷えヤツ！」

波田野はそう言って笑う。

守里も笑い返しながら、両手はしっかり仕事をしていた。

『じゃあ、またなんか面白いことがあったら、教えに来る。つうか、たまには飲みに行こうぜ。プチ同窓会。合コンでもいい。な？』

そう言って、波田野はようやく仕事に戻った。

「まったく。人の店を休憩所代わりに使いやがって」

そうは言っても、友人が訪ねてきてくれるのは嬉しい。

守里は裂き終わった鶏とキュウリをボウルに入れ、春雨とニンジンの入った鍋をザルにあけて湯を切る。それをボウルに入れて一気に混ぜる。最後にほんの数滴ナンプラーを隠し味にして、中華風春雨サラダを作った。

コトコトと、肉じゃがもいいあんばいに煮えている。

宇野坂の肉じゃがは、残ったことがない。客の中には、タッパーや丼を持って「肉じゃがちょうだい」と言う者もいる。

生前の父から習った味で、守里も肉じゃがにはプライドがあった。

「輪切りの鶏ハムは冷やしてるし、白身魚のクリームコロッケも、揚げるだけだ。昼はこれで大丈夫だな」

定番総菜のひじき煮や切り干し大根を計って容器に詰め、陳列ケースに並べていく。甘い箸休めも必要だと母に言われて作り始めた茶福豆《ちゃふくまめ》も並べた。

そこへ、真衣美が手を振りながら近づいてくる。

「おはようっす大将。つかそろそろ昼か」

元気がいいのは、きっと昨日話していた彼氏と上手くいっているからだろう。守里はそう思った。

「昼のメイン総菜はなんすか？　大将」

「今日は肉じゃがと、白身魚のクリームコロッケだ。あと、久しぶりに中華風サラダを作った。汁が垂れるから、お客さんに渡すとき気をつけろ」

「了解です」

真衣美はのんびりと敬礼して、「戦闘服」に着替えるため母屋に入る。

「さて、と。アシュレイは今日、何時頃に来るんだろうな。さっさと来ないと、すべてがなくなるぞ」

守里は、素晴らしい食べっぷりを見せたキラキラ美形の姿を思い出しながら、作業を再開した。

毎日のように顔を合わせていたのに、それが急にぱたりとなくなると「どうしたのかな?」と心配する。

一日目は「あれ? 来なかったな……」で終わったが、それが二日三日と続くと、周りの常連客も「よく目立ってたアメリカ人の兄さんはどうした?」と守里に尋ねてくる。

おっさんたちは外国人はみんなアメリカ人だと思っているので、アシュレイもすんなりアメリカ人になった。もっとも彼の場合、間違ってはない。

そして、四日五日と顔を見せないと、守里はもういても立ってもいられなくなった。

「……どうせなら……住所を聞いておけばよかった! すっげー気になる。仕事のしすぎで倒れていたらどうしよう。急かせた俺のせいか? そうだよな、俺のせいだよな。助けに行ってやらないといかんよな」

午後八時。

「総菜の宇野坂」の閉店時間だ。

今日も今日とて、陳列ケースの中は三つしか残っていない。ほぼ完売……と言ってもいい。今日は箸休めの総菜も出がよく、残っているのはスタンダードなきんぴらゴボウが一パックと、浅漬けが一パック。そして奇跡的に中華サラダが一パック残っていた。

「どうする？　欲しいなら中華サラダ持ってけ」

「いやー、今日はさすがに作ります。ははは。で、ライスを買っていってもいいですか？　三百グラムほど。うち、炊飯器ないんで」

守里は苦笑し、「好きなだけ持っていけ」と、真衣美の財布を引っ込ませた。

「あざっす。……そういえば、大将。外国人の常連さん、今日も来ませんでしたね。五日来ないと……もう来ないかなー」

今までの勘から言って……と付け足して、真衣美は肩を竦《すく》める。

「そうだな。きっと仕事を終わらせてアメリカに帰ったんだ」

「ホントにアメリカ人だったんですか？」

「ああ」

丼と箸のよく似合う、キラキラ美形ハーフのアメリカ人ですよ。

守里は心の中で言葉を付け足した。

とそのとき。茶の間から電話のベルが鳴り響く。

「はい、宇野坂ですが。………はい？　え？　もしかして……アシュレイ、さん？」

電話を取った悠里の口から「アシュレイ」という名前が出た。

体が先に動いた。

守里は勢いよく、茶の間に続く引き戸を開けると、弟に向かって右手を伸ばした。

「待ってください。今、兄と代わりますから」

悠里は守里に電話の子機を手渡す。

「どうした！　五日も店に来ないと思ったら、いきなり電話か！」

どうして電話番号を知ってる？　なんてことは聞かない。弁当と箸の袋に、しっかりと住所と電話番号が載ってる。「総菜の宇野坂」は、お弁当の予約も承っているのだ。

「……うん。うん…………は？　なんだそれ。まあいい、じゃあ、そっちの住所を教えてくれ」

守里は、悠里の前で右手でペンを持つ動作をして見せ、ボールペンとメモ帳を受け取る。

「うん。……はい、……はい。了解。一時間以内にそっちに行く。じゃあな」

そして、守里はアシュレイからの電話を切った。

「まいったよなー。うちは配達はしないってのによー。あいつは何をどう勘違いしたのか、俺に弁当の配達を頼みやがった」

口調は荒いが顔は嬉しそうに緩んでいる。

「兄さん、凄く嬉しそうなんだけど」

「うん。大将って……MなのかSなのかよくわかんない」

悠里と真衣美は、呆《あき》れた顔で揃《そろ》って呟いた。

「さてと、そんじゃ、宇野坂家の夕食をごちそうしてやっか！　じゃあな、真衣美。お疲れさん！」

守里は真衣美に手を振って、厨房へと移動する。

夕食は、取り置いていた肉じゃがと、これから作る豚肉のショウガ焼き。高校生男子である弟のために、ガッツリとした肉は欠かせない。

「悠里、ちょっと手伝ってくれねえか？」

年に数回しかない「手伝ってくれ」に悠里はすぐさま頷き、シンクでしっかりと手を洗った。

「俺は何をすればいい？」

「鶏腿《とりもも》肉を冷凍庫から出して解凍。それと、だし巻き卵を作れ。できるよな？　兄ちゃん、しっかり教えたもんな？」

「了解。絶対にガッカリさせないから」

悠里はそう言って、業務用の冷凍庫から鶏腿肉を引っ張り出した。

弁当のメインは厚切り豚肉のショウガ焼きと、ハーブを混ぜた衣でふわっとカラッと揚げた鶏の唐揚げ。カニと豆腐とえだ豆をすりつぶして丸めた、ふわふわ蒸し物。サイドにはだし巻き卵と肉じゃが。サクサクのエビフライ。箸休めにはカリフラワーとプチトマトとニンジンのピクルス。別容器にポテトサラダも入っている。まるで行楽弁当のような、楽しい弁当ができあがった。

「兄さん」

「ん？」

「なんか……すごい豪華……なんだけど。値段は……」

悠里は、弁当の容器でなく家にある重箱に美しく盛られている弁当を見下ろす。

「総菜の宇野坂」の弁当の値段はワンコイン。五〇〇円だ。

しかし目の前の弁当は、どう見積もってもその六倍はするだろう。

「あー……あいつがな、値段は気にしないから旨い物が食いたいって言いやがって。だから兄ちゃん頑張ってみた」

「うん。重箱だもんね……」

「それと、悠里の作っただし巻き卵とおにぎりが、随分旨くなっていて兄ちゃんはびっくりだ。そして嬉しい」

重箱の一段を覆う、俵型の上品な一口サイズのおにぎり集団。海苔《のり》が巻かれたり、薄焼き卵が巻かれたりしており、見た目も可愛い。

途中で一個失敬して味を見たが、握り具合も塩加減も絶妙だった。あっさりだし巻き卵も旨かった。

「え？　ホント？　俺、兄さんに褒められるほど旨くなってた？」

「ああ。お前は母さんに似て器用な指をしているから、こういう繊細なものが旨いんだよ」

守里は自分と弟の掌をピタリと合わせ、「お前の方が指が華奢《きゃしゃ》だ」と笑う。

「そ、そんなの……関係ないよ。兄さんはケーキのデコレーションだって上手いし」

「………あ。そうだそうだ。俺が作っておいたカップケーキがあったよな？　オレンジの入ったチョコカップケーキ。あれをデザートにしてやろう」

「え」

「思い出させてくれてありがとうな、悠里」

守里は悠里の頭を乱暴に撫で、母屋の台所に向かった。

「……そういうつもりで言ったわけじゃないんだけどな」

悠里は溜め息をつき、「全部持って行かないでねー」と兄に釘を刺した。


自転車の後ろにしっかりと重箱をくくりつけ、守里はアシュレイの住まいへと向かう。

悠里が、メモ帳に書かれた住所をパソコンで検索して地図をプリントアウトしてくれたので、それを見ながらの安全運転だ。

「そっか、ここいらは……閑静な住宅街だったな」

昔は野っぱらで、よく学校帰りに秘密基地を作りに寄ったっけ。……で、その向こうに、例の「外国人がひっそりと暮らしている洋館」があった。店から結構、離れていたんだな。今ならともかく、あの頃つるんでいた仲間たちの行動範囲を逸脱してるぞ、おい。そりゃ親たちも本気で心配するわー。

守里はふと、自主的休憩を取るために店に入って無駄話をしていった幼なじみの台詞を思い出す。

『でな？　一年ぐらい前から、あの屋敷には外国人が住み着いてるって話だ』

手元にある地図が示しているのは、どう考えてもあの屋敷の場所だった。

おいおいマジか？　アシュレイは、あの屋敷のことを何も知らずに今まで住んでいたのか？　月光に輝く金髪を持った外国人の子供の幽霊。そいつが埋めた、得体の知れない何か。あのまま、何も知らずに住んでいたら、もしかしたらあいつも……。

月光に照らされながら深夜にスコップを引きずり回すアシュレイの姿を想像して、守里は思わず鳥肌を立てた。

「待て、待て待て待て。待て俺。ステイ俺」

自分にそう言うと、自転車を止めて深呼吸をする。

人通りのない住宅街。頼りなげな外灯だけが守里を照らしていた。

でも、これは現実だ。すっかり暗くなっているから、ついホラーな世界を想像してしまうのだ。

「よし」

再び、ゆっくりと自転車を漕《こ》ぐ。

地図はもういらない。場所は分かっている。


鉄製の柵が敷地をぐるりと覆っていた。

同じく鉄製の門は綺麗な装飾が施されているが、手入れを放棄されて錆《さび》だらけになっている。守里の記憶の中では、柵も門も目映《まばゆ》いばかりの白だった。

「あいつが住んでる場所が、本当にここだったとは……。最悪だ」

守里は門をゆっくりと押して、自転車が通れる隙間を作る。

耳障りな金属音は、きっと近所迷惑だ。会ったら指摘してやろう……と、守里はそんなことを思いながら敷地の中に入り込む。

「自然のままの庭というか、小学生男子には抗いがたい魅力が備わっている庭というか、いやそれよりも手入れしろよ。一年も住んでるなら」

そう突っ込まずにはいられなかった。

車寄せのある玄関に続く石畳からちょろりと野生を覗かせている草花は可愛い。しかし、それ以外の「庭」と呼ばれる場所は、人外未踏の秘境となっていた。

今は新緑の季節なので、勢いよく育つ草木の瑞々しい香りが強く漂ってくる。

「いや、いっそ業者か。この規模は」

様々な種類の虫の声を聞きながら、守里はゆっくりと玄関に辿り着いた。

玄関脇に自転車を置き、重箱の縛めを外して呼び鈴を鳴らす。

「ハイっ！　ようこそ守里、待っていたわっ！」

呼び鈴を鳴らして数秒も経たないうちに、突然玄関が開いて美女が現れた。

手入れの行き届いたカフェオレ色の長い髪に、欠点なしの外観パーツ。特に大きな灰緑色の瞳は見ている者を惹《ひ》きつける。スレンダーな体躯《たいく》のせいで小さく見えるが、実際は、辛《かろ》うじて守里の方が背が高い程度だ。おそらく一七〇センチは超えているだろう。

「あら？　固まってる？　そんなに驚かせてしまったかしら？」

美女が優雅に微笑む。長いまつげで瞬きされると、ふわりといい匂いのする風が届きそうな気がした。

そして守里は、一つの事実に少々落胆した。アシュレイには一緒に暮らすパートナーがいたのだ。しかも、美男の彼にお似合いの美女だ。きっとどこへ行っても注目を浴びるだろう。中には「リア充爆発しろ」などと、羨ましさが高じて呪詛《じゅそ》じみた言葉を吐く者もいるだろうが、きっと彼らはそういう輩は笑顔で無視するに決まっている。本当にお似合いのカップルだ。微笑ましい。……なのに、どうして自分が落胆しなければならないのか、守里には理解不能だった。

一言ぐらい……言ってくれればよかったのにな。そしたら俺も、こんなバカみたいに豪勢な弁当なんて作らなかった。

そんな事を思って、守里は美女を見つめて愛想笑いをする。

「待っていてくれたのは嬉しいですけど……俺、余計なことをしちゃったかもしれない。あなたが料理を作るんですよね？　これなら総菜じゃなく材料を持ってくればよかった。俺が店を出たあとに……きっとキャンセルの連絡が入ったんだろうな。まあいいや、取りあえずこれで失礼します」

大きな重箱を持ったまま玄関を出ようとした守里の腕を、美女が物凄いスピードでむんずと掴んだ。まるで野生の豹《ひょう》だ。しなやかで美しい。

「帰ったら困るのっ！　絶対に困るの！　何を誤解しているのか知らないけれど、私に料理ができるわけないでしょっ！　あなただけが頼りなのよっ！　守里っ！　私と兄様を餓死寸前の空腹から救い出してちょうだいっ！」

今、「私と兄様」って……言いましたか？　お嬢さん。

守里は目を丸くして、自分の右腕に両手を巻き付けている美女を見た。

「私は久礼原ルースレッド。アシュレイの妹で、ほんの一時間前に、ここに到着したばかりなの。兄様ったら何も食べずに仕事に没頭しちゃって、ついにキーボードに額を押しつけたまま倒れちゃったのよ。しかも冷蔵庫の中は空っぽだし、私も猛烈にお腹が空いているしっ！」

「え？　いやでも……俺が電話をもらったときは……あいつ」

「私が往復びんたをお見舞いして、意識を取り戻させたの」

ルースレッドはびんたと言ったが、彼女の手は「パー」ではなく「グー」になっている。

「あー……」

守里はアシュレイに心から同情したくせに、なぜか気持ちが高揚するのを感じた。

高揚の理由は、今は放っておくことにする。

まずは、守里に弁当を注文した本人と会わなければ。

「守里、兄様はこっちよ」

「お、おう」

小学生の頃、外からしか見たことのない洋館はとても大きく感じていたが、今は「こぢんまりとしていて可愛い」と思う。

目線が変わると感じ方も変わる。

守里はルースレッドにエスコートしてもらいながら、一階奥の部屋に向かった。

板張りの床は年季が入って黒光りしているが、端には埃《ほこり》がたまっている。顔を上げると、明かりを取り込むための窓にも埃がたまっていた。しかも蜘蛛《くも》の巣まである。

男一人で洋館に住んでいれば、使わない場所が埃だらけになるのは仕方がないだろうが、毎日歩くだろう場所は綺麗にしておいた方がいい。

守里は、掃除なんてすぐに終わるのにと思いながら、ルースレッドが開けた扉の向こうを見て絶句した。

紙が、舞っている。埃と一緒に舞っている。そして落ち、積み上げられている。

ここはいったいどこの印刷所なのか。

床に落ちているFAX用紙と、何度か崩れたのだろう書籍で、床が見えない。

そもそも床に物を置くなど守里には考えられなかった。

「兄様。守里が来てくれたわ。これでようやく、美味しいディナーの時間。ワインを開けましょうね」

「ワインならロゼで。辛めのロゼがあるなら、それがベストだ」

思わず口を挟んだ守里を、ルースレッドは目を丸くして見る。そして次の瞬間破顔した。

「守里って、兄様みたいなことを言うのね。はい、了解しました料理長殿。私ルースレッドは、地下の兄様秘蔵のワインセラーからご希望のワインを取りに行って参ります」

ルースレッドは可愛らしく敬礼をすると、スキップをしながら部屋から出て行く。

アシュレイは妹のはしゃぎっぷりに閉口しているのか、不機嫌そうに眉間に皺を刻みつつ、椅子を回転させて振り返った。

「随分と……久しぶりのような気がする」

彼の左頬には、「グーパンチ」の赤い痕。

殴られた痕があっても美形には変わりないいんだなと、守里はどうでもいいことを思って笑う。

「……笑うな。みっともない」

「か、可愛い……妹じゃないか。腹が減ると、人間は気が短くなるからな」

「そうだな。……腹が減ってそろそろ死にそうだ。早く食わせてくれ」

「ここで弁当を広げさせるか」

すべて紙ゴミなのは幸いだが、それでも、汚いことには変わりない。幽霊屋敷が汚いのは定番かもしれないが、守里は、自分がここにいる以上はどうにかしたいと思った。

「じゃあ……キッチン、か。俺が使っているのはこの部屋とキッチン、あとはバストイレだけだ」

「部屋はたくさんありそうだが？」

「必要ない。……腹減った」

アシュレイはのっそりと腰を上げ、守里が持っている重箱に近づく。

「動物園の熊か、お前」

「それでもいい。とにかく今は……守里の作った弁当が食べたい」

「そんなに腹が減ってるなら、もっと早く電話を寄越せばよかったんだお前」

守里は重箱を持ち、アシュレイを誘導するようにゆっくりと扉を目指した。

するとアシュレイは「あ」と短い声を上げ、気まずそうに顔を背ける。

美形が照れると可愛くなるのは、弟で証明済みだ。守里は、いきなり可愛くなったアシュレイをニヤニヤしながら見つめた。

「両手に……執筆の神が降臨してな、寝食を忘れた」

「ああ、なんというか……あんたらしいって言うか……。ほら、気をつけて歩けよ？」

積み上げた書籍の山に何度も激突するアシュレイへ、守里が注意を促す。

「分かっている。……ああもう、体が今ひとつ上手く動かん」

「おんぶしてやろうか？」

「結構だ。自分で歩く」

強がってはいるが、アシュレイの歩みは生まれたての鹿のように辿々しい。

「キッチンって、どこにあんの？」

「廊下をまっすぐ行った突き当たりを、左」

「じゃあ、これを置いてくるからちょっと待ってろ」

「は？」

「ダメだその歩き方。ちゃんとおぶってやるから」

アシュレイが「ちょっと待て」と言う前に、守里はさっさと部屋から出て行った。


美しい白亜のキッチン。何もかもが新しく、綺麗に片づけられている。廊下やアシュレイの仕事部屋とは大違いだ。

「こういうキッチン……いいよな」

十畳ほどの部屋の真ん中に大きな作業台がある。こういうものは、海外ドラマの中でしか見たことがない。日本の家でも捜せばきっとあるだろうが、おそらく高価だ。

スパイスの棚には、守里が初めて見る種類もあった。

「こんな場所で料理を作ればきっと楽しいだろうな」

「……のんびりしている暇があったら、皿を出せ。俺はもう、空腹で本当に死ぬ」

ぷるぷると足を震わせながら、アシュレイが必死の形相でキッチンのドアにしがみついていた。

「あら兄様、面白い格好」

向かい合った反対側の扉からはルースレッドがワインを持って現れる。

「ワインはこれでいいかしら？　兄様」

ルースレッドは軽やかに兄に近づき、銘柄を彼に見せた。

「よく見つけたな。これはいいワインだ」

嬉しそうに微笑むが、アシュレイはその場にズルズルとしゃがみ込む。

「だから俺がおぶってやるって言ったじゃないか」

守里は呆れ声を出し、アシュレイに肩を貸して立ち上がった。

「情けない」

「そう思うなら、今度から腹が減ったらすぐ俺の店に来い」

溜め息をついて項垂《うなだ》れるアシュレイに、守里は苦笑を浮かべて優しく言った。

「喩《たと》えるならば、それは、ささやかな空間に降臨した宝石の城」

「ほんの少しでも触れたら、この世から消え去ってしまいそうに麗しく愛おしい」

……と、アシュレイとルースレッドは守里が作業台に並べた重箱を前に、それぞれポエムで感想を述べる。延々と外見を語るものだから、守里は苦笑を通り越して呆れた。

「いや、食べてもらわないと困る。冷めても旨いように作ってあるから、そのままどうぞ」

守里は二つのグラスにワインを注ぎながら言った。

「守里は？　飲まないの？　食べないの？」

「俺はもう帰るから」

その途端、今にも死にそうにしていたアシュレイが勢いよく立ち上がった。

「せっかく来たんだ。茶ぐらい、飲んでいけ」

「そうよ守里。兄様の淹れる飲み物は、喩えそれが水であっても世界一なんだから」

ルースレッドは守里にグラスを傾けて「乾杯」と微笑み、先に一人で飲み始める。

「ルース、行儀が悪い」

「安心して兄様。兄様の分まで食べたりしないから」

彼女はフォークで唐揚げや厚切り豚肉のショウガ焼き、俵型のおにぎりを皿に盛り、上品に口に入れた。そして「うっ」と低い呻《うめ》き声を上げて両手で口を押さえる。

「えっ！　何か悪い食べ物でもあったか？　もしかしてアレルギー？　不味《まず》いな、とにかく救急車を呼んで……」

「美味しくて……天国が見えた」

焦っていた守里の頬が軽く引きつった。

ルースレッドは目に感激の涙を浮かべ、「アメージング」と「ヘブン」を繰り返す。

目にも鮮やかな美女だが、なんて人騒がせな喜び方をするんだろう。

守里はがっくりと椅子に腰を下ろし、深く長い溜め息をついた。

「でも本当に美味しいわ。それに、日本食って油をいっぱい使わないからヘルシーよね。肉と魚と野菜のバランスが取れていて……、ん、美味しすぎる」

人間、美味しい物を食べると自然と笑顔になる。

まさにルースレッドはキラキラと輝く笑みを浮かべて、自分の分のおかずとおにぎりを物凄い勢いで平らげていた。

「唐揚げや肉もガッツリ入ってるんだが、それでもヘルシーなのか。しかし食べっぷりが豪快でいいな。俺はそういう女子は好きだぞ」

悠里から「兄さん、女の子のことは、女の子か女子って言わなくちゃ駄目。女性に向かって、おい女とか絶対に言っちゃ駄目だからね」と言われているので、守里はルースレッドを女子と呼んだ。

「それって告白？　告白ならつき合ってもいいわ。料理ができる男の人と結婚するって決めてるから」

「あ、すまん。他意はない。そういう意味で言ったんじゃないんだ」

「そう。残念だわ」

「お前は黙って食事をしていろ」

彼らの話に割って入ったアシュレイは、ティーカップを守里の前にそっと置いた。

季節の花の模様があしらわれたカップ&ソーサー。そして赤ん坊が使うような可愛らしく華奢な銀のスプーン。

「まずは、そのまま一口」

「お、おう……」

言われるまま、ティーカップを持って一口飲んだ。

爽やかでいて、どこか甘い香りのする飲みやすい味だ。

「ん……？　俺は、この香りを知っているぞ？　イチゴ……か？」

「当たり。季節の果物のフレーバーティーも侮ることなかれ。なかなかに旨い。ここに、温めたミルクを入れると、イチゴミルクのような香りになる」

アシュレイはそう言って、とぷんと、ミルクを入れた。

香りが変わる。

守里は「ほほう」と声を上げて、ミルク入りの紅茶を飲んだ。旨い。まるっきりイチゴミルクではないが、なんともホッとした気持ちにさせる味だ。

「紅茶がこんなに旨いなんて初めて知った。凄いじゃねえか」

瞬く間にティーカップを空にした守里は、「ごちそうさまでした」と言って席を立つ。

「どうした？」

「いや、だから朝が早いから帰ろうかなと」

「このボックスを洗い終わるまで待て」

アシュレイは重箱を指さしてから、守里の肩に手を置いてゆっくりと押した。

「あとは殆ど兄様のものよ？　はー美味しかった。たまにこうしてガッツリ食べるのもいいわね。日本食ってステキ」

俵型のおにぎりをばんばん腹に収めて言う台詞ではないが、ルースレッドがあまりに満ち足りた表情をしているので、守里は何も言わずに頷く。

「ならば、こっちの大皿に……」

「おいアシュレイ」

守里は、大皿に残りのおかずを移そうとしているアシュレイに、低い声を出した。

「なんだ」

「なんで一口も食べずに、次から次へと仕事を増やす？　さっきまで死ぬとか、俺の作った弁当を食わせろとか言ってたくせに。実は期待していたおかずと違ってたからガッカリとか？」

あれだけ褒めておいて、いつまでたっても食べませんはないだろうと、守里は唇を尖《とが》らせた。

「いや、なんというか……勿体ない」

「は？」

「こんな豪華な弁当を用意してくれるとは思わなくて……勿体なくて箸をつけられん」

写真を撮って、その後は冷凍保存したい……と、アシュレイは真顔で呟く。

「兄様、勿体ないからこそ、一番に食するものじゃない？　美味しいモノを後回しにしていると、本当に食べたいときに食べられないわ」

まったくだ。

守里はルースレッドに同意し、「食べてもらえるのが俺の喜びだ」とアピールする。

「……そう、だったな。空腹過ぎて、思考が定まらなかったようだ」

アシュレイは小さく笑い、箸を持つ。

そして、厚切り豚肉のショウガ焼きを口に頬張って感嘆の声を上げた。


結局、守里はアシュレイが食べ終えるまで屋敷に残った。重箱は綺麗に洗ってもらえたが、おかげさまで時間はもう十一時近い。

朝の早い守里は、本来ならベッドに入る時間だった。

アシュレイは守里が「いらん」と言うのを無視して「途中まで送る」とついてきた。

「我が儘を言って申し訳ない」

「んー……まあ、残さず食べてくれたから、いいってことにしといてやっか」

「これからは、ちゃんと通う」

「時間厳守な？　配達もしないから覚悟しとけ」

「なぜ」

アシュレイは、本当にわけが分からないと言った顔をした。

「他の常連さんに示しがつかないだろ？　そうでなくても『配達とかしてくれればいいのにー』って言われてんだ。これ以上働いたら俺が過労で倒れる」

キコキコと自転車を押して歩く音が夜道に響く。

「それは一番困るじゃないか」

アシュレイは「君の料理が私にとっての日本の味だ。体は大事に」と言った。

「だろ？　だから、自力で店まで来い。そしたら、今度は違うデザートをオマケにつけてやる」

「なん……だと？」

アシュレイの声が掠《かす》れた。まさか他にも旨いデザートが食べられるとは思っていなかった顔だ。

「パイでも焼こうか？　それともワッフルにするか？　俺は、大抵の菓子は作れるぞ」

「パイがいい。熱々のアップルパイにアイスクリームを載せて食べる。最高だ」

想像できる味に、守里も思わず「それは絶対に旨い」と笑う。

「ルースレッドがいるときに作ってやるから取りに来い。あの妹、あんな細いのに鬼のように食うんだもんな。見てて気持ちがいい」

「あいつはモデルをしている。ダイエットに支障が出るから、甘い物は与えないでいい」

それは妹を思う兄としての台詞なのか、守里のデザートを独り占めしたい想いから出たのか、判断しかねる。

それでも守里は「モデルだって、少しぐらいは甘いもんを食うだろ」と反論した。

「『甘い物は別腹なのよ』……と屁理屈をこねて、私の取り分がなくなる」

なんだ、そっちか。

守里は照れくさいのと嬉しいのとで顔を赤くしながら笑った。

アシュレイもそのうちつられて笑う。

「君と話をしていると、こっちまで楽しくなる」

そう言ってもらえると、照れくさいけど嬉しい。でも、じっと見つめながら言う台詞じゃないだろ。そういうのは恋人にしてやってくれ。

守里は心の中でこっそりと突っ込みを入れた。

「そっか」

「君のお節介は心地よくて、私はつい甘えてしまう」

お節介、ですか。そうですか。否定はしねえよ。だって俺、そういう人間だもん。
守里は笑いながら「甘やかすのは得意だぜ」と言い返す。
「そうか」
アシュレイは歩みを止め、自転車のハンドルを掴んだ。
ぼんやりとした普段の様子からは想像がつかないほど、いきなりで力強い。
「ん？」
自転車を掴まれてしまっては、当然、守里の歩みも止まる。
ふと自転車を掴んでいる彼の手を見ると、小刻みに震えていた。
「ではもう少し、私を甘やかしてくれ」
アシュレイの顔が近づいてくる。守里は「ああ俺は今からキスをされるんだな……って
マジですかおい」と、己に激しく突っ込みを入れながら、月光に照らされたアシュレイの
綺麗な顔を見つめた。
こんな綺麗な男にキスをされるなんて実感が湧かない。というか、そんなシチュエー
ションを常日頃想像するわけがない。自分も彼も男だ。同性故にあり得ない。だからこそ、
逆に拒否することを忘れた。人間、己のキャパシティを超えると機能が停止するのだと、
守里はここで初めて知った。

「君を愛しいと思った。私は君に恋をしたんだ……」

アシュレイの吐息が守里の唇をそっと覆う。

守里は動けない。

両手で頬を包まれ、優しいキスを何度も受けて、彼の舌を自分の口腔に受け入れたときも、抵抗できずにいた。

二人の間には自転車の境界線がある。

「守里。気持ちを抑えようと思ったが、もう我慢できない。君は私にとってとても大事な人間だ……」

アシュレイの唇が今度は耳やうなじに移動し、敏感な首筋を嘗《な》められるたびに低く掠れた声が漏れた。

夜中とはいえ、自分は道路の真ん中で何をしているんだと、守里は戸惑い、焦り、混乱する。

自分は男で、母と弟を養っている一家の大黒柱なのだから、こんな不純なことなどしていられるかと、突っぱねればいい。なのに。

思っても行動に移せず、それをいいことにアシュレイの指は守里の体に触れていく。

筋肉質の胸にそっと掌を押し当てられ、胸の緩やかな隆起に沿って指を這《は》わす。

Tシャツ越しでも、アシュレイの掌の熱さが充分わかった。

「私の気持ちが、君に伝わったと思っても……いいのだろうか？」

するりと、筋張った長い指先がゆるゆると降りていく。このままでは、守里はとんでもない失態を演じてしまうだろう。

「ま、待て……。ちょっと……待って、くれ」

アシュレイの指は素直に離れていく。

守里は深く息をつき、額に滲《にじ》んだ汗を手の甲で拭った。

まだ二人の間には自転車がある。守里は愛車に感謝した。この自転車がなければ、アシュレイの指はもっと大胆に動いたに違いない。

「てっきり……私と同じかと思っていたんだが」

「お、同じって……何が？」

「ゲイだろう？　君は。だからこそ……私のキスを受け入れてくれた」

え？　なんだそれ？　俺がゲイですと？　それっていったい、どんなタチの悪い冗談だ。

悠里が聞いたら泣くぞ。俺はあいつのカッコイイ兄ちゃんなんだ。

守里は怒鳴りたいのを辛うじてこらえ、「違う」と首を左右に振った。

するると今度は、アシュレイが厳しい顔で腕を組む。

「では、君が弁当屋の常連たちに、あけすけな言葉で迫られていたのは？　それに対し笑顔で返事をしていたのは、どういうつもりなんだ？」

ああ。守里は合点がいった。

「いや……あの人たちが、俺を『嫁に欲しい』とか『彼女がいないなら彼氏を作れ』とか、『欲求不満の解消法をなー』とか言ってくるのは、単に俺をからかっているだけだ。女性客のいるところでは絶対にしないしな。それにいちいち怒ってたら、身が持たない」

「ふざけたことを。名誉毀損で訴えて勝つレベルだ。君は彼らの言葉責めに笑顔で対応することを強いられていたんだぞ？　精神的苦痛は並大抵の物ではない」

「そんな真面目に考えんな。そーいうおっさんたちなの、あの人たちは。下ネタでコミュニケーションを図る人間ってのは、取りあえず一定数いるんだよ」

日本人とはそういう人種なのか…？　とアシュレイは息を呑んで言葉に詰まった。そして深い溜め息をつく。

「おかげで私は、とんだ恥さらしだ。勝手に舞い上がって、勝手に推し進めた」

アシュレイは守里の肩に手を置き、頭を垂れて「本当に申し訳ない」と謝罪する。

だが、その謝罪が守里の胸を突き刺した。

欲しい言葉は、多分それじゃない。けれど今はまだ、よく分かっていない。

「その……なんだ、俺も……実感が湧かなくて……。ほら、男同士でキスなんて、フィクションだと思うじゃんか？　な？」

「では、嫌ではなかったと？」

「だから、まだそういう実感も………っ」

湧いてませんと、言おうとしたのに。

守里は再びアシュレイにキスをされた。今度は最初から舌を絡めて吸う、激しいものだ。

「くは……っ」

息継ぎさえ許してくれない、乱暴で激しいキスなのに、守里の体は急激に猛っていく。体中の血液が物凄い勢いで流れ、心臓に集まり、甘い快感を伴って再び乱暴に押し流されていく。

一番熱いのは触れ合っている舌と口腔で、自転車の境界線まで溶かす勢いだ。

多分、これ以上続けられたら、境界線がなくなってしまう。それだけはどうしても避けなければ。だってそうしないと、自分の気持ちがまるで分からないまま、どこまでも流されてしまう。

守里は自転車のハンドルから右手を外し、渾身《こんしん》の力でアシュレイの脇腹を殴った。

彼はくぐもった声を上げ、よろよろと守里から離れる。

「暴力は……反対だ」

「混乱して頭が真っ白になっている俺に、これ以上余計なことをするなバカ。作家ならもっとこう、登場人物の内面を掘り下げろよ……っ！」

小声で怒鳴るという器用なことをして、守里はアシュレイと距離をとった。

「……すまない」

「やってから謝るな」

「だが私は、君に恋をしたんだ」

「そ、それは……どうもありがとうございます」

告白に慣れていない守里は、好意を伝えられるのは素直に嬉しい。

相手が光り輝く美形で、しかも男だとしても、好意は好意として受け止めたい。だがそこに「ラブ」が存在すると話は別だ。

よく弟が、「知らないオッサンにあとをつけられた」「知らないサラリーマンからラブレターをもらった」と暗い顔で溜め息をつくのを見ているが、あれとはまたちょっと違う。

「ありがとうとは、どういう意味だ？　私の気持ちを受け入れるということか？　それとも、好いてくれるのは嬉しいが……という否定の意味か？」

「本当にすまん。俺は今、頭が真っ白状態なんだ。きっとこの場で押し倒されて強姦されても、今ひとつ反応が鈍いと思う。それくらい、思考が停止している」

アシュレイは、守里の言った「強姦」に何やら深いダメージを負ったようで、「私はそんなことはしない」と真顔で首を左右に振り続けている。

「俺は、その、もう帰るから。見送りはもういらないからな？　アシュレイ」

守里は妙に汗ばむ掌で自転車のハンドルを握り締め、またがった。

「腹が減ったら、ちゃんと……その、店に来い。いいな？」

「……わかった。だが君の返事は？　私はいつまで、君の返事を待てばいい？」

「お前の原稿が終わるまでだ」

そう言って、守里は猛スピードでアシュレイから離れた。そりゃもう、流星の早さで漕いだ。途中二度ほど信号無視をしてしまったが、人通りのない裏通りだったので、心の中で神様に謝罪した。


店のシャッターの前に自転車を置き、細い路地を入って母屋の玄関から家に入る。

誰も起こさないように慎重に歩いていたはずだが、脱衣所の扉を開けようとしたところで、背後から「兄さん？」と声をかけられた。

「遅かったね……。明日の朝は大丈夫？」

悠里は手に麦茶の入ったグラスを持っている。

「明日の朝か……悠里が目覚まし代わりに起こしてくれれば大丈夫だと思う」

「え？　俺に兄さんを起こせるか不安だけど……ちょっと頑張ってみる」

「おう」

弟の笑顔にはいつも癒される。

守里は「兄さんも早く寝なよ」と言う弟の声を聞きながら、脱衣所に入った。

全速力で自転車を漕いだので、全体的に汗で汚れている。

「自転車の全力疾走で、こんな疲れるなんて……俺ももう少し鍛えた方がいいかも」

守里は乱暴に服を脱いで洗い物籠に放り込むと、少し熱めのシャワーを浴びた。

汗をかいて冷えた体に、しっとりと浸透する熱いシャワー。

「ああ……気持ちいいな」

顔を上げて、両手で濡れた髪を掻き上げる。

ふと、指先が唇に触れた途端、守里はカッと顔を赤くしてその場に蹲《うずくま》った。

アシュレイの唇の感触が蘇る。

「俺は……あんなところで……男とキスをした……っ」

真っ白だった頭の中が、霧が晴れたようにクリアになっていく。

近づいてくる顔、吐息、そして柔らかな唇。

自分の許容範囲外の出来事が起きて、放棄された思考が戻って来る。

「なんだよもう……。俺はそんなに不意の出来事に弱い男だったのか？　最悪だどうしよう。叫びてえ。でも叫んだら母さんと悠里に迷惑がかかるし……」

こんちくしょうっ！　なんで俺がゲイなんだよっ！　ゲイから見てもゲイに見えるってことは、本当のゲイじゃねえかっ！　違うしっ！

大声は出せないので、怒鳴るのは心の中でだけだ。

守里は、自分が今までつき合ってきた彼女の中に、「彼氏」などいなかったことを確認する。大した人数はいないので、すぐに点呼は終わった。

「よし。全員女子だった。誰にもちんこはついてねえ」

そう言ってから、盛大な溜め息をつく。

「男にキスされたなんて……誰にも言えねえ。というか、言う気もねえけど」

頭がしっかり働くようになると、頭の中に「なぜ」「どうして」と疑問符が沸き上がる。

「なんであいつのキスが気持ちよかったんだよ。バカじゃないか俺は。綺麗なら誰でもいいのかよ。性別ぐらいチェックしろよ俺、そこまで節操なしだったのか？」

ぶつぶつと、己の両手を見ながら悪態をつく。

自分で自分が気持ち悪い。最悪で最低だ。いくらここ数年彼女がいないからといって、男に走ってどうするよ、男に走ってて っ！

守里は両手の拳を固く握り締め、唇を噛んだ。

あまりのバカさ加減に涙が出てくる。

「もっと俺のことが知りたい……だとか言われちゃいましたよ。綺麗な男は、気恥ずかしい台詞に躊躇《ためら》いがないのかってんだ。聞かされるこっちの身にもなれ。……馬鹿野郎」

それでも。

湯の滝に打たれながら、守里の頭は繰り返し思い出す。

キスをされて、体を触られた。

人の指があんなふうにいやらしく動くことを、守里は久しぶりに思い出す。

「ああ……ちくしょう。本当に最悪だ。俺はあいつとどうなりたいんだ」

アシュレイの指を思い出した体は、すでに変化の兆しを見せて、守里を自己嫌悪に陥らせた。

感じたら勃《た》つのは当然の生理だが、今はその「生理」に空気を読んでもらいたかった。

「あいつのせいだ。……いきなりキスしたりするから。触ったりするから。まず行動を起こす前に尋ねるべきだろ。『私はゲイだが君はゲイか？』ってよー」

情けなくて悲しい。あいつはバカだ。ほんとうにバカだ。あんなバカで作家が務まるのか？　それともそういうキャラなのか？　仏頂面してるくせに。

守里は、真顔で「ゲイです」と言っているアシュレイを想像して、噴き出してしまった。

「お前はバカで……そして俺も、お前につられてバカになったぞ……っ」

言い訳をしながら、右手をゆるゆると下肢に伸ばす。

何も想像せず、ただ、快感を吐き出すためだけに、守里は己の陰茎をそっと握り締めた。

「ああ、くそ……っ」

そういえば、ここのところ自慰をするのも忘れていたな。仕事と家族の世話で一日が終わって、性欲なんてこれっぽっちも考えられなかった。俺ってもう枯れちゃったのかなあとか思ってたけど……よかった……。

守里はそこまで思って「これのどこが『よかった』なんだ」と自分に突っ込みを入れる。

男とキスをして、触られたことを思い出して勃起する己の愚息が恨めしい。

「……ったく」

指を動かすと気持ちいいし、声も上擦る。

このまま、何も考えずにひたすら射精することに集中しよう、と、守里は心に決めた。

しかし。

そう決心すればするほど、アシュレイのキスを思い出してしまう。

「なんで、こんなときに出てくるんだよ……っ」

唇に触れられて、頬に指先が当たる。するりとかすれて、今度は首筋に移動した。

「だめ……、だ……っ」

アシュレイの指の動きと感触を反芻《はんすう》してしまう。想像してしまう。

熱く滾《たぎ》った陰茎を扱く速度が早まった。シャワーの音でかき消されているはずの音が、風呂場に響いているような気がして、羞恥心が煽《あお》られる。

粘りけのある、ぬるぬるとした先走りはシャワーの湯と共にタイルに滴り落ちた。

「……んっ」

扱いているのが自分の指なのかアシュレイの指なのか、もう分からない。守里は低く短い声を上げ、陰茎だけでなく空いていた左手で陰嚢《いんのう》も優しく揉み始めた。

こうすると気持ちがいいと教えてくれたのは、高校のクラスメートだ。修学旅行の夜の男子高校生と言ったら、彼女のいない連中は集まって猥談《わいだん》に走る。そのときの一人が、真面目な顔でそう言った。冗談だと分かっていても、試さずにいられないのが高校生で、守里も後日こっそりと部屋で試して、あれが冗談でなかったことを知った。しかしわざわざ「ホントだった」なんて公表しない。そこらへんは暗黙の了解だ。

もともと淡泊な守里は快感を得るよりも、男らしく「落ち着かなくなったから、さっぱりさせるか」という理由の自慰が殆どなので、今の、このあからさまに快感を得る行動は珍しい。

「あ……、は……っ」

自分でやるだけでこんなに気持ちがいいのに、それをアシュレイの指でされたら、きっと気持ちいいなんて可愛いものじゃないような気がする。「君を知りたい」と言われて細部まで暴かれ、自己嫌悪が役に立たないくらい恥ずかしい思いをしそうだ。

守里の指の動きが速くなる。

このままでは、アシュレイのことを考えながら射精してしまう。カフェオレ色の淡い髪、綺麗な灰緑色の瞳。そして、低く優しい声といやらしい指先。

「んっ………んっ！」

久しぶりの射精は勢いこそあまりなかったが、守里の両手をたっぷりと汚した。残滓《ざんし》を絞り出す様にゆっくりと先端を擦り、放出の快感と安堵《あんど》に溜め息をつく。

そして。

果てしない重量の自己嫌悪に押し潰されかけた守里は、よろめきながらその場にしゃがみ込んだ。

何をやってんだっ！　なんでアシュレイを思い出しながら射精するんだよ、俺っ！　それじゃあまるで俺が、本物のゲイみたいじゃないかっ！　俺が好きなのは女子で、これからも女子のはずだっ！

とにかく、思考を女子で埋めようとするが、なぜか、アシュレイが増えていく。増殖していく。そのうち、可愛い女子は一人もいなくなり、守里の頭の中はアシュレイでいっぱいになった。

「やめて、やめてくれ……。俺はゲイじゃありません。これからは、誤解させるようなことは絶対にしませんから……」

それしか言えない。

掌の吐精を湯で流しながら、守里は小さな溜め息をついた。

寝不足で朝からあくびが連発でも、店は時間通りに開ける。

下ごしらえにも手抜きはない。

守里は三角巾にエプロンというういつもの格好で、レンコンを薄切りにしていた。

本日のメイン総菜は豚肉の野菜巻きで、そっちはもうすでにできあがって冷ましてある。

「……大将。そんなにいっぱいレンコンを薄切りにしてどうすんの？」

真衣美がいつも通りの時間に店に入り、眉間に皺を寄せて尋ねてきた。

「え？　レンコンのきんぴら」

「多すぎるって。それ」

指摘されて初めて気づいた。

レンコンのきんぴらは「総菜の宇野坂」の定番総菜として人気があるが、だからといって大きなボウル山盛り一杯分はいらない。

「あーあー……みじん切りにしてメンチカツに入れるか」

「メンチは明日のメイン総菜」

「なら、ひじきとレンコンの煮物」

「イイと思う。じゃ、すぐに圧力鍋を用意しまっするー」

真衣美はステンレス製の棚の下から圧力鍋を取り出して、シンクで綺麗に洗う。

「なんか……調子が出ないな。おい真衣美、俺がミスしそうになったら容赦なく指摘してくれ。今日は調子が悪い」

守里は包丁をまな板に置き、腰に手を当てて溜め息をついた。

「おや、体調不良？」

「違う。寝不足なだけだ」

「それって昨日の電話と関係……」

真衣美が言いきる前に、守里は彼女を睨《にら》んで口を閉じさせた。仕事中まであの男のことを考えたくないのだ。

「おっと。口は災いの元。雉《きじ》も鳴かずば撃たれまい」

真衣美は最後に「くわばらくわばら」と付け足し、黙って作業を再開する。

「……ラタトゥイユは、もう冷めたかな？」

守里は何事もなかったかのように、大きな寸胴鍋の蓋を開ける。すると中からトマトベースのいい匂いが漂ってきた。

ラタトゥイユは毎年夏限定の具沢山スープだが、今日のような暑い日にはときどき作ったりする。

トマトにセロリにズッキーニ、ナスにオクラにピーマン、ニンジン、パプリカ、タマネギ……それ以外に守里は皮を剥《む》いて種を取ったキュウリも入れる。

肉は一切入れず、野菜の優しい味が堪能できる一品だ。これは女性にとても人気がある。

今まで様々な料理を作ってきた守里は、「男の方が食べものに関して保守的」だと思っている。だいたいの女性は新しい総菜が並ぶと「新作か」と買ってくれるが、男はそうはいかない。みな「いつもの」「定番」だ。男でラタトゥイユを買っていく客に、守里は今まで出会ったことがない。

「あー……良い匂いっすねー。今年もラタトゥイユの季節がやってきましたかー！」

「ああ。今日は暑いからな」

「んじゃ、スープ用の容器とスプーンも用意しときますね。だいたい……何人分？」

「三十人分……くらいかな。余ったら、鶏肉を入れてカレーにしようかと思う」

「売る前から余ること考えてちゃダメっすよ、大将」

真衣美にサクリと突っ込まれて、守里は苦笑を浮かべた。

「そんじゃ、そろそろ最後の一品、レンコンのきんぴらを作るか」

「んじゃ私は、豚肉の野菜巻きを持って店に出てます」

「頼んだ」

特大バットに山盛りにした豚肉の野菜巻きは、一個単位で売る。「弁当に一緒に入れて」という客も少なくない美味しい定番だ。

守里は手際よくフライパンを扱いながら、レンコンのきんぴらに取りかかる。

「……さすがに、今日は、来ないよな」

腹が減ったら買いに来いとは言ったが、昨日の今日で堂々と現れるはずがない。アシュレイにも恥という概念があるだろう。

それに守里は、どんな顔をして会えばいいのかまだ分からなかった。


なのに。

それなのに、神様は今、もしかしたら休憩時間なのかもしれない。昼休みだし。

守里は、美形男の目の下にあるクマをじっと見つめながら、そんな事を思った。

「その……今日の和風弁当と……あと、その豚肉の野菜巻きを五本。ポテトサラダ。リンゴが入っている方」

「弁当に総菜を入れてもいいか？」

「いや。……そっちは夜に食べる。あと、ライスの大盛りを一つ」

「は？　だったら、夕方にまた来い」

そう言ってから口を閉ざす。今の言い方は少々刺々しかった。これが昼休み時だったら、きっと「どうした？」「そういう言い方はないだろう」と、年配の常連から指摘されていたところだ。

仕事に私情を出すなよ俺。何年客商売をやってんだ……っ。

守里は心の中で自分を叱咤《しった》すると、改めてアシュレイに向き直る。

「その、言い方が悪かった。米は夕方用にまた炊くから、それを買えばいい。昼間買ったものを夜まで取っておくな。米は冷蔵庫に保管すると不味くなる。冷凍するってなら……また話は別になるが……」

カウンターを挟んで相手の様子を窺《うかが》うが、アシュレイは「冷凍……？」と首を傾げて難しい顔をした。

「あんた……お茶を淹れるときの器用さを少しは食べ物に向けてみろ」

「……ルースレッドに、いつもそう言われている」

アシュレイは陳列ケースに視線を向けたまま言った。

そういえばこの男は、店に来てから一度も守里の顔を見ない。というか、目を合わせようとしない。

昨日の今日で図々しいと思いきや、実は勇気を振り絞ってここに来ているのか。守里はそれを確かめようと、アシュレイの顔を覗き込んだ。

避けられる。それでもまた覗き込む。やはりアシュレイは守里を避けた。

子供のゲームのようにしばらく繰り返していたが、あまり気の長い方ではない守里が音を上げる。

「おい」

「なんだ」

「話をするときは、人の目を見て話せ」

「……そんなことができる立場か、私が」

守里は盛大な溜め息をついて、アシュレイの頭を軽く叩いた。

「何をする」

アシュレイは勢いよく顔を上げ、次の瞬間、苦虫を噛みつぶしたような顔をする。

「さっきまでは、俺も腹を立ててた。というか気まずくて会いたくなかった。だがな、アシュレイ。あんたが昨日のことを申し訳なく思っているのは分かったぞ」

「私とて……本当なら一週間ほど反省して顔を合わせないようにしようと……そう思っていた」

「おい。一週間もうちに買いに来ないなんて……また俺を心配させる気かよ」

「……そう言うと思ったから、恥を忍んでこうして買いに来たと」

アシュレイはそう言って、けだるそうに立つ。パーカーにジーンズというどこにでもいる若者の格好だが、中に着たTシャツはだらしなく伸びているしジーンズはすこし丈が短い。足下がサンダルなので、くるぶしが見えているのが目立つ。

やる気がないというか、「もうどうでもいい」と開き直っているように見えた。

「本当に申し訳ない」

「あのな……」

そんな、一夜干しされるイカみたいにゆらゆらしながら言われても困るんだけど。

守里はトングを持ち、豚肉の野菜巻きを六つ、容器に入れた。

「私は五つと」

「一つオマケだ。……あと、ライスはラップに包んで冷凍庫へ入れろ。冷めてから入れるんじゃなく、あら熱が取れたらすぐに入れておけ。食べるときはレンジでチンだ。そうすれば、いつでも炊きたてが食べられる」

「すまん。……もう一度言ってくれ。したことのない行動が多すぎる」

アシュレイは真面目な顔で「できれば順番をメモしてくれないか？」と言った。

「ラップしたことねえの？　レンチンも？」

「なんだそれは。日本人はすぐに和製英語を作る」

「一年も日本にいるんだから、そういうのに慣れろ」

「私は作家として、言葉は大事に扱いたいのだ」

「そう言うなら、告白の言葉ぐらいもっとしっかり練ろ」

アシュレイがそこでぐっと言葉を詰まらせる。

逆に守里は、ニヤニヤと意地の悪い笑みを浮かべて追い打ちをかけた。

「俺だって、もっとこう……順序を間違えずに進めてくれたら、暴力に訴えることはなかったと思うんだけど」

責め立てるつもりはない。

ただ守里は、怒鳴ることさえできずに自己嫌悪の沼にずぶずぶと埋まって苦しんだ昨日の自分を労っているだけだ。

アシュレイは複雑な表情を浮かべてこっちを見ている。

「そうしたら、まずはお友達から……ってことで交際が始まったかもしれねえのに」

腰に手を当てて偉そうに言ってやると、アシュレイは申し訳なさそうに頬を染めて俯いた。

「ほら、またそうやって俺から顔を背ける」

「この状態で、堂々と顔を合わせていられたら、それは図々しいという問題ではない」

「まあ……うん、そりゃそうだろうけど……」

じっと見つめていると、アシュレイの耳が赤くなっているのが分かった。

えらい目に遭ったのは守里なのに、まるで被害者と加害者が逆転したような気持ちになる。

「あのな」

「……なんだ」

「物事は順序立てて、な?」

「了解した。では、改めて言おう。私は君と、肉体関係を前提とした友人関係を築きたい」

アシュレイは真剣な表情で宣言した。

逆に守里は、開いた口が塞がらない。

この男は、このとんでもないキラキラとした美形の男は、真っ昼間に何を言うのかと。

「まずは友人として、信頼関係を築きたい」

それは分かる。信頼関係がなければ、友人にはなれないものだ。

守里は、それには小さく頷く。異論はない。

「私は君をもっと知りたいし、君にも私を知ってほしい」

またしても守里は頷く。

「そしていずれは、私の気持ちを受け止めてほしいと、そう願っている」

「もしかして、まだ俺をゲイだと思っているのか？　だとしたら俺のどこがゲイだ？　この際きっちり教えろ」

さすがにこれには頷けない。

守里は右手を伸ばしてアシュレイの着ているパーカーを掴み、ぐいと自分に引き寄せた。

そこに、のんびり休憩を取っていた真衣美がやってくる。

真衣美は「喧嘩なら野っぱらでやって。ここで騒いだら、おばさんが驚いて倒れます」

と、極めて冷静に言い、守里の腕からアシュレイのパーカーを外した。

「それとも、話し合いが必要なら茶の間に移動したらどうですか？　今の時間に弁当を頼む人は殆どいないし、もしいたら、ライスと総菜のセットを勧めます。ね？　まずは、殴り合うより話し合えって」

真衣美はハイハイと手を叩き、カウンターの出入り口を開けてアシュレイを手招きする。

アシュレイは躊躇していたが、真衣美の顔がどんどん恐くなったので慌てて中に入った。

「大将はさっさと休憩に入ること。で、アシュレイさんも一緒にご飯食べちゃって。腹が空くと、苛々《いらいら》するからね。ご飯を食べてから話し合って」

普段ならここまで仕切られることはないが、今日は少々勝手が違う。

守里は陳列ケースからいくつかの総菜を抜き、アシュレイを連れて母屋に入った。


「飲み物を作るのが上手いなら、ちょっとこのお茶を淹れてくれ。煎茶」

守里は、胡座《あぐら》をかいたアシュレイの目の前に茶葉の入った急須と湯飲み、そして沸騰したばかりのヤカンを置いた。

「バットが欲しいんだが。あと、茶葉を適当に急須に入れるな」

「悪かったな」

守里はバットと一緒に皿を用意して「これに茶葉を入れろ」と手渡す。そして自分は、総菜を皿に移し替え、丼に飯を盛った。味噌汁も忘れない。

「へえ……」

食べ物の載った盆をちゃぶ台に置いたところで、守里は感嘆の声を上げた。

アシュレイは、バットに入れた湯飲みに湯を入れている。

「最初に温めるってのは知ってるけど、面倒だからそうそうしねえよなー」

「してくれ。とても旨い茶ができる」

「はあ」

ちゃぶ台に料理を並べる守里の横で、アシュレイは急須の水分を拭き取り、二人分の茶葉を入れて湯を注いだ。そして蓋を閉めて腕時計に視線を落とす。

「二分後」

「……え？　もう飲んじゃだめなのか？」

「旨い煎茶を飲みたければ、あと……一分四十秒ほど待て」

商店街の特売で買った茶葉で、ブランド物でもなんでもないのだが、守里は少しずつ期待が膨らんだ。

「総菜はな、冷めても旨いように作ってるから温め直さないぞ。そのかわり、熱々の味噌汁を用意した」

「ありがたい」

「ところで、ラタトゥイユも若干余ってるんだが。食う？」

「是非」

「冷たい汁物なんだけど、一緒に出しても平気か」

「かまわない。……なつかしいな。イタリアの親類のところへ遊びに行ったとき、よく食べた」

……本場かよ。

守里は「俺のは日本ナイズされてっけど」と付け足して、小さな丼に二人分のラタトゥイユを盛った。

「よし」

アシュレイは気合いを入れて頷くと、温めた湯飲みに茶を注ぐ。二つの湯飲みに交互に淹れて、最後にさっと振って湯を切る。

「どうぞ」

「ではいただきます」

守里は差し出された湯飲みを掴み、そっと一口飲んでみた。

あらやだ旨い……と、思わず笑みが零れる。特価品なのに香りはいいし、味もまろやかだ。いつもは渋かったりえぐみがあったりするのに、こんな旨い茶なら何杯でも飲める。

「どうだ？」

「ヤバイ、旨い。……本当にあんたの手は器用だな。もっといろんな茶が飲みたくなる」

守里は手放しでアシュレイを褒め称えた。

「この器用さが料理に活かされればよかったんだが」

「まああれだ、作家とお茶の才能があって、人も羨むキラキラ美形なんだから、一つぐらいできなくても問題はねえだろ」

「掃除と洗濯も、実は……」

「通いのハウスキーパーを雇え」

「いや……」

アシュレイは茶を飲んで喉を潤すと、ふうと溜め息をついた。

「どうした」

「以前、原稿のデータを盗まれそうになって以来、見ず知らずの他人を住まいに入れないことにしている」

アシュレイ・エヴァーツの本は、発行されたら即ベストセラーというわけではないが、安定した人気があり、探偵と元傭兵《ようへい》のバディもの「ブラッドアイ・シリーズ」には国内外に熱狂的なファンがいると、ネットで見たコラムにそう書かれていた。

「もしやそれは、ハウスキーパーが、見ず知らずの熱狂的なファンだったと？」

「ああ」

「……取られそうになったのがデータで幸いだ。本人が拉致られたら『私の望む話を書きなさい』ってなるぞ。足を折られるぞ。殺されかけるぞ。……ホラー映画の世界だ」

「最初は、拉致しようと思っていたらしい。だが、彼女が勤め始めたと同時に私は取材旅行。仕方がないから、作家本人ではなくデータを盗もうとしたと」

うわ、恐い。

冗談のつもりで言ったのに、それが本当だったとは。

守里はしかめっ面で茶を飲み、その旨さに取りあえずホッとした。

「と、とにかく。まずは飯を食おう。飯と味噌汁はおかわり自由だ」

「ありがたい」

二人は向き合い、「いただきます」と言った。


「ラタトゥイユが残っているなら、あるだけ売ってくれ。ルースレッドにも食べさせる」

ラタトゥイユの入った丼を空にしてから、アシュレイは幸せそうな顔で守里に言う。

「そんな……旨かった？　だったら去年のうちに言ってくれれば……」

「去年もあったのか？　俺が買いに行ったとき、ラタトゥイユがあったためしがない」

「悪い。去年の夏はあまりの暑さで、作った日はいつも完売してた。夏バテした女子たちの活力になってたそうだ」

「なるほど……では今年から、私の分は取り置きということで」

「取り置きしてもいいけど……時間通りに店に来るか？　配達はしないぞ？」

守里は空の丼や皿を盆にまとめながら、アシュレイの顔をじっと見つめた。

「電話をくれれば、必ずや」

アシュレイは姫と約束を取り交わす騎士のような凛々しい表情で、胸に手を当てて守里に言った。

「わかった。……そうだ、あのな、うちに頂き物の紅茶のセットがあってな？　俺が食後のデザートを用意するから、あんたが紅茶を入れてくれないか？」

アシュレイは「デザートが楽しみだ」と言って守里の提案に乗る。

「大したもんじゃねえぞ？　黒糖の蒸しパンだ」

守里は照れくさそうにぶっきらぼうに言った。

高級ホテルのティーラウンジで飲んでいるような気がする。

守里は、そんな高価な場所で茶など飲んだことはなかったが、イメージとしてそう思った。単なるブレンドティーが、アシュレイの手にかかると上品な味わいの紅茶へと変わる。

「蒸しパンに合うっていうのが……不思議だ」

「まあ、日本の和風ケーキには本来なら番茶を勧めるが」

「へえ」

守里は軽く頷いてから、茶の間の引き戸を開けて店の厨房に顔を出した。

真衣美と客が楽しそうに何か話している声が聞こえてくる。

あと十分だけ休憩をもらおう。

そう思って戸を閉め、振り返ると……アシュレイが寛いで新聞を読んでいた。まるで、十年も前からそこにいるような存在感だ。

なんだよこいつ。まったくもう……っ！

守里はわざとらしく咳払いをして、アシュレイから新聞を取り上げた。

「何をする」
「それはこっちの台詞だ。だいたい、どうして俺たちがここで一緒に飯を食うことになったか分かってるのか？　それをすっかり忘れて、のんびりと寛ぐな」

大声を出したら、母と真衣美に聞こえてしまうだろうと、守里はできる限り冷静な声を出した。

「肉体関係を前提とした友人関係を築きたい、ということに不満が？」
「不満がなかったら、多分俺とあんたはつき合っていると思うぞ」
「私は、段階を踏んで……」
「その段階というか階段な？　一段がどんだけ離れてんだよ、おい」

守里は腕を組み、じろりとアシュレイを睨む。

普段は男らしく涼やかな表情が見る影もない。

「あのな、俺がゲイに見える根拠を述べよ」
「そんなことは分からない。好みは十人十色というものだ。ただ私は、君と恋仲になれれば嬉しいと思った」

真顔で言われても困る。

守里はしかめっ面で俯くと、「俺は長男なんだ。そんな訳の分からない恋愛なんてできるか」と言った。

「申し訳ないが、『長男』と『恋愛』のどこに接点が？」

「父親は十年前に死んだ。俺はこの家の大黒柱だ。母親と弟を心配させるようなことはできない」

アシュレイは「申し訳ないことを聞いた」と頭を下げる。

「いや、分かってもらえれば幸いだ」

「……了解した。とにかく今は、友人としての信頼関係を深めていくことにしよう」

アシュレイが右手を差し出す。

守里はしばらくそれを見つめて、ようやく彼の右手を握り締めた。

「俺は日本人だから、過度なスキンシップはするなよ？」

「分かった。キスもハグもなしだ。…………残念だが」

「残念言うな。……あのな、この際言っておくけどな？　俺は多分、あんたに対して随分と寛大な態度でいるはずだ。他の男だったら、こんなふうに向き合ってサシで話なんかしない。殴り飛ばして、黒歴史に封印ってのがオチだ。……それをしなかったのは、な……」

昨日、あなたをオカズにして抜いたから……というわけではなく。

守里はちょっぴり頬を染め、キッとアシュレイを睨んだ。

「なんというか……悩んでも仕方のないことだって、分かってるからだ。されたことをなかったことにはできねえ。だからって、いつまでもウジウジ考えていても仕方ねえだろ？　俺はそういう、あれこれ複雑に悩むのは苦手なんだよ。あと、逆境に強いってのもある……かなあ？」

するとアシュレイが突然笑い出した。

「な、なんだよ。俺はそんな変なことは言ってねえぞ？」

「いや……私は君を好きになってよかったなと、そう思ったんだ」

「は？」

アシュレイは笑いながら守里を抱き寄せ、あやすように背中をポンポンと叩く。

「だから俺は、こういうスキンシップは……っ」

「こんなもの、ハグにも入らない」

「……そ、そうか」

だったら、ここで騒ぐのは自意識過剰か。守里は仕方なくアシュレイに体を預けた。

悠里は帰宅途中で図書館へ寄り、「アシュレイ・エヴァーツ」の本を何冊か借りてきた。

「まだ読んだ事のない話を借りてきたんだけど……兄さんも読む？」

オーダーされた弁当を手際よく作りながら、守里は「読む読む」と言った。カウンターから厨房に向かって、真衣美が「和風と洋風、二つずつ！」と声を張り上げる。

守里は「了解！」と返事をして、最初の弁当をカウンターに持って行った。

「俺も手伝うよ」

「じゃあ、お願いしようかな」

悠里は嬉しそうに笑って、三角巾とエプロンという厨房スタイルになる。

ダメだと言っても弟は食い下がる。特に、アシュレイのために重箱弁当の手伝いをしたあとから、前にも増して頑なになった。

弟に作らせた総菜はどれも及第点だった。ならばもう、問題はない。

「お前、一人で練習してたんだな」

「……うん。料理研究会の厨房を借りて、いろいろ作ってた。みんな兄さんの味を知ってるから手厳しくってさ。でも……最近は褒められるようになった」

「そうか」

「だからね、兄さん。三者面談で兄さんが担任と何を相談しようが、俺はやっぱり兄さんを手伝いたいんだ」

「手伝ってもいいから、やっぱな、学歴は押さえておけ。お前は賢いから勿体ない」

「でも」

悠里はそこで黙り、業務用ジャーの蓋を開けて容器に飯を盛った。

メインの総菜はチキンピカタと千切りキャベツ。彼は守里が焼き上げたチキンピカタを食べやすいように切り分け、丁寧に盛りつける。

「俺は、お前が店のことを考えてくれるのは凄く嬉しいと思ってるからな？」

守里は不満げな弟に親愛の笑みを浮かべ、「拗《す》ねるな」と優しく諭した。


弁当は、洋風よりも和風の方がよく出た。

「めずらしいな。あれか？　和風が豚の角煮と煮卵だったから？」

レジ締めを行いながら、守里が笑う。

「多分。みな、あの照り照りにやられる。しかも、煮卵が一個丸々ついてたし。逆に洋風は、女子が買いましたよ。プチトマトとかヤングコーンとか、可愛い系だったし」

真衣美は、残ったおかずを確認しながら言った。

悠里は久々に閉店まで手伝いをして、「久しぶりだと腰に来る」とパイプ椅子に座ったままだ。

「中腰がな。そのうち慣れる。もしくは背筋を鍛えろ」

守里は、自分も最初の頃はそうだった、と思い出す。

「ところで大将。アシュレイさん来なかったですね」

「いいんだよ。あいつは昼間好きなだけ居座ったんだから。今頃は、でっかい弁当を黙々と食ってんだろ」

そうだとも。なかなか帰ろうとしないアシュレイを屋敷に帰すために、守里はまたしても重箱弁当を作ってやったのだ。

酢飯で作らない「ひじきの煮物を使った海苔巻き」と「浅漬けを使った海苔巻き」をきゅっと詰め、定番のだし巻き卵と鶏の唐揚げ中華風、カボチャの煮付けにスパゲティサラダ、ウインナーをタコにしてやったら、アシュレイは「タコ、だと？」と最初はいやそうな顔をしていたが、クルクルと熱で丸まっていく足を見た途端に喜んだ。

隙間を埋めるためにかまぼこのチーズサンドを入れようとしたが、「かまぼこは苦手だ」

と言われ、仕方なくキュウリの薄切りとチーズをミルフィーユの様に重ね、楊枝《ようじ》で刺して隙間に詰めた。

「兄さん、本当にお人好しだと思う」

「金はもらってるが」

「そういう意味じゃなくてさー……」

悠里が唇を尖らせる後ろで、真衣美が「大将をアシュレイさんに取られたくないんですよね」と微笑む。

その途端に悠里は顔を真っ赤にして「そうだよ！」と大声を出した。

「何言ってんだ？　悠里。兄ちゃんは悠里のことを世界で一番可愛いと思ってるぞ。大事だぞ？　兄ちゃんは悠里の物じゃないか。ははは」

堂々と胸を張ってブラコンを炸裂《さくれつ》させる守里に、悠里は「少しズレてんだよね」と溜め息をつく。

「少年、なんとなく言いたいことは分かるが、それは言わない方がいい」

真衣美は悠里を一瞥《いちべつ》しウインクをした。

「なんだお前ら、わけわかんねえ」

「大将は知らなくていいことです。あと、ひじき煮とスパゲティサラダが欲しいので、割引価格でお願いします」

「あ、ああ」

目の前に総菜を出され、守里は暗算で計算する。

「ライスはいいのか?」

「……一人分、だけだし。ふふ」

真衣美は明後日の方向を見て、寂しく微笑む。

守里は、もう彼氏と別れちゃったのか……とは言わずに、「ドンマイ」と言って切り干し大根を一品足してやった。


家計簿と一緒に店の帳簿もつける。

風呂上がりにビールの一杯でも飲みたいが、飲んだら寝てしまうのでここは我慢だ。

このご時世、どうにか黒字でやっていけるのはありがたいと、守里は電卓を叩きながら、安堵の溜め息をつく。

「計算なら俺がやってやるよ。兄さんはビールでも飲んでゆっくりして」

悠里が湿布薬を持って茶の間に入ってくる。

「ん？　その前に、俺にお願いがあるんじゃないか？」

「ずっと中腰で背中が凝ったから…湿布貼ってください」

そう言うと、悠里はTシャツを脱いで上半身裸になり、畳の上に俯せになった。

「ちょっとひやっとするからな」

「わかったー」

子供の頃はあんなに華奢で弱々しかった背中が、今では立派な大人の背中になっている。

よくぞしっかり育ってくれたものだと、守里は感慨深く弟の背を見つめた。

「これで彼女がいたら、兄ちゃんはもう言うことがないんだが」

ぺたり、と、湿布を貼りながら守里が嘆く。

「だから……俺は別に彼女は……」

「俺がお前ぐらいの時は彼女がいたぞ」

またしてもぺたり。

「あー……なんとなく覚えてる。兄さんの彼女は美人が多かった」

「ははは」

「兄さんは結婚しないの？　町内会の副会長さんが、よく見合い話を持ってくるじゃん」

「んー………悠里が一人前になってから考える」

守里は暢気に言って、湿布を貼っていく。

「そんな事言ってると、俺は一生一人前にならないよ？」

「そりゃ困ったな」

困ったと言いながら、守里はどこか嬉しそうに返事をした。

ブラコンは自覚している。

「俺さー、兄さんが好きだからさー、ずっと一生……母さんと兄さんと三人で暮らしていきたいって思ってる」

「それは……だめだぞ、悠里。俺は甥《おい》っ子と姪《めい》っ子が見たい。お前に似て絶対に可愛いはずだから、伯父さんはメチャクチャ可愛がるんだ」

守里は最後の一枚を貼り、「終わった」と弟の背を軽く叩いた。

「普通さ、ブラコンだったらさ、『悠里が結婚するなんて兄ちゃんは許さない。お前は俺の傍に一生いろ、ちゅっちゅっ』ぐらい思うんじゃないか？」

悠里は体を起こしながら「禁断の兄弟愛」と付け足して笑う。

「お前な……美形がそういうことを言うな、シャレにならんだろうが」

守里は「はあ」と溜め息をつき、目頭を押さえた。

この弟は、いつからこんな冗談を言うようになったのだろうか。もしかしたら、知らないうちにアシュレイの影響を受けてしまったのか。

「俺は本気なんだけどなー」

「まあ、思春期にはそういう幻想もあるということにしておこう」

「やっぱそう来たか。まあ仕方ないよね。俺も一線を越えるつもりはないもん」

神妙な顔で言う悠里に、守里はしかめっ面をして見せた。

「兄ちゃんは、そういう冗談は嫌いなんだが」

「うんごめん。……俺は兄さんが大好きだし、兄さんの幸せを第一に考えてるから、俺が認めた人間以外は近寄らせたくないんだ」

「なんだそりゃ」

守里は右手を伸ばして、弟の頭を乱暴に撫で回す。

「兄さんは気にしなくていいよ。俺が勝手に八つ当たりするだけだから」

悠里は嬉しそうに微笑んでから、Tシャツを着た。

「計算なら兄ちゃん一人で大丈夫だから、お前は自分の自由時間を堪能していろ。あ、母さんはもう寝てるから大声は出すなよ？」

茶の間の向こうにある母の部屋を指さしながら、守里は弟に釘を刺す。

「自由時間か。俺は兄さんの傍にいたい」

「どっちにしろ、大人しくしてろ」

「うん」

可愛い返事とともに、悠里がいきなり背中に懐いた。

頭を守里の背に擦りつけて「やっぱこれが一番安心するんだよな」と眠そうな声を出す。

昔はよく、こうやって弟をおぶってやった。仕事で忙しかった両親の代わりに、悠里の幼稚園の送り迎えをし、具合が悪いときは病院に連れて行った。十一歳も年が離れた兄弟の歩調が合うわけもなく、顔を真っ赤にして一生懸命自分についてこようとする弟の顔を見たとき、守里は「ごめんな、兄ちゃん気がつかなかった」と、急いで弟を背に乗せた。

悠里が「兄ちゃん高いや」と歓声を上げた日のことは、今もたまに思い出す。

「兄ちゃんはどこにもいかねえって」

守里は慣れた手つきで電卓を押しながら、独り言を呟く。

もちろん、弟に聞こえるように、だ。

「……うかつだった」

アシュレイは右手で目頭を押さえ、低く呻く。

その姿は苦悩する美形の彫刻のようで、商店街を行き交う人々の注目を浴びた。

「だから、人の店の前で何をしてるんだ」

守里はジャージ姿で仁王立ちし、眠そうな顔でアシュレイに問う。

時間は午前十時。

「土曜日はやっていると思ったのだが」

「一年もうちに通ってて、なんで定休日を覚えない」

「今まではタイミングがよかったのか運がよかったのか。土日に弁当を買いに来たことはなかった」

アシュレイは心底残念そうに溜め息をつき、「私はどこで食事をすればいいんだ」と真顔で悩む。

「……だからって、朝っぱらからいきなり人を起こすな」

「いつもならシャッターが開いている時間なのに閉まっていたから、強盗殺人だったらどうしようかと思い、急遽《きゅうきょ》、シャッターを叩かせてもらった」

ああもうバカだこいつ。でも作家ってみんなどこか変わってるっていうから、こいつもそういうもんなのか？

守里は両手で顔を擦り、こっちの出方を見ているアシュレイを睨む。

「ああそうだ。それと……重箱を返しに来た。空で戻すのは失礼だと聞いていたので、頂き物の菓子を入れておいた」

アシュレイは守里に風呂敷に包まれた重箱を返した。

風呂敷のなんたるかも知らないだろう男が、よくもまあ、綺麗に包めたものだと、守里は内心感心する。

「ったく。そんなん気を遣わなくてもいいってのに……」

「友人としては、これぐらいは当然ではないかと」

「だったら訪問時間にも気を遣え。俺は眠い」

「いい天気だぞ？」

「昔から、土曜日の午前中は寝て過ごすと決めてんだよ」

これ以上アシュレイに関わっていたら、寝たいのに眠気が飛んで行ってしまう。

守里は「寝たいから帰ってくれ」と、掌を振ってさよならのポーズをする。

「では、昼過ぎにまた来る。食材を買って持って行ったら、料理を作ってくれるか？」

ちょっと待って。今の何。

驚いて目が覚めてしまった。ああ勿体ない。

守里は「何を言ってる」と呆れ顔で言い返した。

「君は腹を空かせて困っている友人のために、料理を作ろうという気にはならないのか？」

「なんて図々しい」

「図々しいのではなく、必死なんだ。私は君の作った料理以外、もう食べたくない。というか食べられない体になった。まるで中毒にでもなったようだ」

「物騒なことを言うな。旨いなら旨いと素直にそう言え。誰がどこで聞いてるか分かんねえんだぞ」

「申し訳ない」

アシュレイは真顔で頭を下げる。

素直に謝罪された守里も、「仕方ねえなあ」と呟いて、しばらく考え込んだ。そして「カレー」と呟く。

「どうした？」

「カレーを大量に作る。冷凍できるようにタッパーに詰めてやるから、ありがたいと思え」

「カレーは好きだ」

「だからアシュレイ。あんたが材料を買ってこい。それと、今度からシャッターを叩くのではなく、裏を回って母屋の玄関に行け。そこにちゃんと呼び鈴がついてるから」

目が覚めてしまったのは仕方がない。それにカレーは久しぶりなので、守里も食べたいと思っていた。

「何カレーが、いい？　肉の種類によって色々あると思うが……」

「ああ、鶏の腿肉。骨付きを買ってこい。驚くほど旨いカレーを作ってやる」

するとアシュレイは嬉しそうに目を細め、「買い物をしてくる」と行って商店街の中心に向かう。

「本当に、あいつはまったく……」

容器を返すときは中に何かを入れておくなんて、一体どこのお気遣いの紳士だよ。なのに午前中から人の店のシャッターを叩くし。アンバランスだよな……。

それでも嫌いになれないのは、相手が自分を好いていると知っているからか。

守里は照れくさそうに右手で頭を掻いた。

「兄さん……今の騒ぎはアシュレイさん？」

どこかに出かける予定なのか、悠里はよそ行きの格好をして立っていた。

「ん？　ああ。土日は休みだっていうの、今日初めて気づいたって。あいつバカじゃねえの？　暢気すぎる」

「あー……。トラブりそうな予感？」

「いや大丈夫だろ。それよりお前、これからどこかに行くのか？　デート？　やっぱり彼女がいたのか。兄ちゃんに隠すなんて……まあ、年頃なら仕方ねえな！」

守里はニヤニヤと弟を見つめ、「頑張れ」と背中を叩く。

「違う違う。俺はダシに使われただけ。俺が行かないと女子が集まらないとかって。面倒臭いけど友だちのためだから。俺はさっさと抜けて夕方には帰ってくる。晩飯は家で食べるよ」

「今夜と明日はカレーだ」

守里が腰に手を当てて偉そうに言うと、悠里は「やった」とはしゃいで守里に抱きつく。

「子供かお前は」

「だって兄さんの作るカレーは、俺にとって世界一だ」

なんて可愛い弟なんだろう。こんな可愛い弟がいる俺は、世界一の幸せ者だ。

守里は心の底からそう思った。

今度こそ、アシュレイは母屋玄関の呼び鈴を押した。

「あらー、アシュレイさんいらっしゃい。今日はカレーなんですって？」

ドアを開けたのは、着物姿の守里の母・結だ。

「お久しぶりですマダム。私も守里さんのカレーをとても楽しみにしています。お邪魔してもよろしいですか？」

「どうぞどうぞ」

アシュレイは結に先導され、のんびりと茶の間に向かう。

茶の間では、ジャージにエプロン姿の守里が真剣な顔でスパイスの量を計っていた。守里は「今は話しかけるな」とそれだけ言って、カレーに必要な香辛料を計りに加えていく。

アシュレイは端っこに転がっていたシナモンスティックをつまんで匂いを嗅いだ。どこか埃っぽい独特の匂いがするが、彼はシナモンの匂いは嫌いではないらしい。

「アシュレイ、台所を勝手に使っていいからお茶を淹れてくれ」

守里は分量を計り終えたスパイスを慎重に皿に移し、ちゃぶ台の上を片づけ始めた。いつまでも蓋を開けていると、茶の間がインドになってしまう。

「私は今、紅茶が飲みたい気分なんだが」

「それでいい。母さんは？」

話を振られた結は、「母さんはちょっとお出かけするから、気持ちだけ受け取るね」と言って、扇子で口元を覆って笑った。

「え？　どこまで？　誰と？　何時に帰ってくる？」

「あら守里、母さんはまるで、厳しい父親のいる女子高生？　商店街に新しくできた喫茶店に行こうって誘われたのよ」

「あー………」

その喫茶店とやらなら、守里も知っている。よくあるチェーン店の一つだが、組み合わせの注文を主としているので、年配には若干ハードルが高い。

「注文だけ、俺が取ってやろうか？」

「やだ、何言ってんのよ守里。そういう恥ずかしいことはしなくていいの。母さん、カレーができる頃に帰ってくるから。アシュレイさんごゆっくり～」

母は、茶葉を選んでいたアシュレイに手を振ると、楽しそうに外出した。

「最近は体調がいいけど、本当に大丈夫か？　母さんは」

「あまりそう、心配し過ぎるのもよくないと思うが」

「自分の家族を心配して、何が悪い?」

するとアシュレイは肩を竦めて沈黙する。他人の家の事情に首を突っ込んでしまったと少々反省するように。

守里も無言で、フォークで穴を開けた骨付きの鶏腿肉にスパイスを擦り込んでいく。馴染ませる様にバットに放置してから、タマネギやセロリ、ニンジンを細かく刻んでミキサーにかけた。ジャガイモは皮を剥いて乱切りにして、軽く小麦粉をまぶして油で揚げる。すると台所は、ポテトフライにスパイスの匂いが絡み合い、呼吸をするだけで唾液が溢れる素晴らしい空間へと変貌する。

「一つ、味見をしてもいいだろうか?」

アシュレイは物欲しそうな顔で、旨そうに茶を飲んでいる守里を見つめ、できたてほくほくのフライドポテトを指さす。

「何個かやる。何かつけるなら、塩かワインビネガーがいい」

「いや、そのままで」

「でも、紅茶には合わないと思うぞ?」

アシュレイが淹れてくれた紅茶は庶民おなじみのメーカー物だったが、温かな牛乳を入れただけで信じられないほど旨くなった。

守里には到底できない技だ。どこをどうやったら、ここまで茶葉の底力を出せるのだろう。何度もアシュレイと同じように茶を淹れたが、どうしても彼の淹れた茶と同じ味にならなかった。

「そのノリで、酒を注ぐだけで旨くなったりしてな」

「なるぞ」

アシュレイはそう言って、口にポテトを放り込む。熱さにハフハフ言いながらも、旨そうに食べている。

「じゃあ、ジュースは？　果汁一〇〇%の絞りたて」

「ミックスジュースにできる。これがなかなか旨い。今度作ってやろう。メロンやマンゴー、イチゴにパイン……」

「大変期待したいが、なるべく低予算で頼む。……果汁が余ったら、ババロアかゼリーを作ろうか。アイスやシャーベットという手もあるな。うん」

守里は寸胴鍋に、ミキサーにかけた野菜とチキンスープ、それにスパイスをまぶして放置していた骨付きの鶏腿肉を入れた。

そこに、ローリエを数枚浮かべる。

「よし。これから弱火でコトコト」

「……このポテトはどうするんだ？　カレーに入れないのか？」

アシュレイは「カレーにポテトを入れないなんて信じられない」と言う顔で守里を見た。

「イモはトッピング。それに、カレーを冷凍するときイモは取り除くもんだ」

「なぜ」

「解凍すると目が覚めるほど不味くなる。上手く解凍できたとしても……やはり不味い。だからトッピングの方がいいんだ。あ、カリフラワーと卵も茹でておくか」

守里は、アシュレイが買ってきた食材の中からカリフラワーと卵を引っ張り出す。

「いい嫁になるぞ、守里」

テキパキと無駄なく動く守里の背中を観察しながら、アシュレイが楽しそうに言った。

「嫁だと？　肉体関係を前提とした友人が、嫁だと？　おい」

「仕方ないだろう？　私は君を愛している」

「だからって、俺が嫁扱いって……つまり…………」

守里はそこで手を止め、くるりと振り返る。

「どうした？」

「それって……つまり……俺が突っ込まれるってことか？　あんたの、その、アレを、あーしてこーして……っ！」

守里はそれ以上言えずに顔を真っ赤にし、「信じられねえ」とその場に蹲った。

「あー………そうだな、君が許してくれるなら最終的には」

アシュレイの声が、どこか面白がっているように聞こえて腹が立つ。

「なんかもう……想像したくないのに想像しちゃうって、人間ってめんどうくせえ生き物だなっ！」

守里は両手で顔を覆い、「いやそれはマズいだろう」と首を左右に振る。

アシュレイは長身で美形だ。それもただの美形ではない。溺愛している弟と同等のキラキラ度を誇っている。

そんな美形が、商店街の兄ちゃんを押し倒していいものか、否。

「守里……何を考えているのか、いろいろと想像できてしまうんだが」

アシュレイはニヤニヤしながら守里の前に膝をつき、顔を覗き込んでくる。

「馬鹿……みっともねえから見んな」

「いや、随分可愛らしいと思う」

「二十九だぞ、俺。来年は三十路《みそじ》だ。可愛いって言われて喜ぶ年かよ。つか、喜ぶのは女子だってーの」

「何歳だろうと、可愛らしいことには変わりない」

「自分がちょっとぐらい年上だからって……からかうんじゃねえ」

守里は唇を尖らせてそっぽを向く。

「ん？　私の年を知っているのか？　君と大して変わらないだろう」

「変わる」

悠里が借りてきたアシュレイの著作には、著者近影の下に生年月日が印刷されていた。それを元に計算すると、アシュレイは守里より三歳年上になる。

「というか、俺が突っ込まれるのは絶対になしだ。かといって、俺が突っ込むのもなしだ。ところで本当に入るもんなのか？　いや、これは単なる好奇心なんだけどさ。やっぱ痛いとかキツイとかあるんだよ……なあ？」

「君は……」

アシュレイはそこまで言って深く大きな溜め息をついた。

「私を拒んでいるのか煽っているのか分からない」

「煽ってるつもりはまったくないんだけど……そういうことは深く考えたことがないから、どうなのかなって」

やろうとも思わないしやるつもりもないが、そこは好奇心のなせる技だ。体験者が前にいるなら、少しぐらい聞いてみたいというのが人情だと、守里は思った。

そう言えば……と、守里はちらりとアシュレイを見る。

ゲイだというのは聞いたが、どういういきさつでゲイになったのかは聞いてなかったと。

だがそれを聞いたら、アシュレイはまた「私を煽るな」と言うのだろうか。

「……なんだ？　人の顔をじっと見て」

「いや、……その、なんでもねえ。怒られる様なことはもうしない」

「気になるんだが」

「だってっ！　ゲイになった切っかけなんて聞けねえっての！」

言ってから口を閉ざしても遅い。

守里は「俺の馬鹿野郎」と呟いて、今度は頭を抱えた。

だがアシュレイは「なるほど、そうきたか」と小さく頷いている。

「え……？　怒ったりしねえの？　俺、ちょっと失礼だったかなって思ってんのによ」

「いや、別に。己の内面を理解したのは、そう早くはない。これでもティーンエイジャーの頃は女性とつき合っていたし、とにかく性欲の対象は女性だけだった」

アシュレイはその場に胡座をかき、時折遠い目をして語り出す。守里は体育座りで黙って聞いた。

「大学生の頃に小説のセミナーに参加して、そこで出会った相手が、私の隠された本性を暴いたというか……。自分が満ち足りるためには必要なのは女性でなく男性だと知った」

「そ、そう……ですか」

「筋肉質で、それでいてしなやかな体を抱き締め、過度の快感に逃げる腰を乱暴に引き寄せてから……」

「ストップ！　それ以上はもういい。分かったから！　言わなくても分かったから！」

やーめーてー、体験談はやーめーてーっ！

守里は涙目で、男らしい悲鳴を上げた。

そういう生々しい話はゲイ同士でやってくれっ！　この馬鹿。なんでいちいち語る。しかも真顔でっ！　恥ずかしくて涙が出るぞっ！

そう怒鳴りつけてやりたいが、守里の口は酸欠の金魚のようにパクパクと動くだけだ。

「別に、私の視点で語る分には構わないだろう?」

「か、構う、構いますっ！　なんかされてるような気分になんだろがっ！」

「ほほう」

アシュレイはにっこり微笑むと、守里の両肩をしっかりと掴み、続きを語り出した。

「男にされるフェラチオは、女性にされるのとは桁違いに、いい」

「な、なんで?」

「単純に言ってしまえば力の問題だ。男の方が吸う力が強い。それに、どこをどう責めてやれば感じるかすぐに分かる」

「なるほど……じゃねえっ！　別に俺はそんなの知りたくないしっ！」

守里は納得しかけたが、慌てて否定する。

「互いにより深く知った方が、友人として信頼関係を築けると思うんだが」

「この状態で、何をどう信頼するんだよ。俺……なんか騙《だま》されてねえ？」

騙されているとしても、それをわざわざ疑惑の相手に言うのは馬鹿だ。守里は「俺、何やってんの」と自分に力なく突っ込みを入れた。

「君は本当に可愛いな」

「もう勘弁してください」

「苛めているわけではないのだが……」

すっと、アシュレイは守里に顔を近づけて優しく頬を寄せる。

「……あったかい」

一度キスをしてしまったせいか、アシュレイの頬が触れることに警戒はしても違和感は感じなかった。こんなことあり得ないだろう。男同士で頬を寄せ合って、何を考えているんだか。そう思っても、触れ合った場所は無性に温かい。

守里は「こういう、ほんわかしたのはいい」と感想を述べた。

「友人同士なら、これぐらいの触れ合いはよくする」

「……ホント、あんたってよく分かんねえ」

「ん？」

「普通はこういう場合、素早く襲うもんだろ。俺だったら襲う。いや違う。押し倒す」

するとアシュレイは「君は馬鹿か」と嘆いた。

「だってよ？　好きな相手とこうしてほっぺをぺったりくっつけてて……もっと違うことがしたくなんねえ？　したいだろ？　………あ」

やっぱ俺は馬鹿だ。言ってから分かった。分かりました。俺、滅茶苦茶アシュレイを煽ってる。よく考えてみれば、告白して玉砕した相手に「私とエッチしたいと思わない？」と、言われてるのと同じだ。悔しいし、ヤリたいし、でも断られたしと……恨めしい想いで胸がいっぱいになる。いかん。

守里は「今日はどうも空気を読むのが下手みたいだ。ホント、ごめん」と、アシュレイに心の底から謝る。

「私は心の損害賠償を求めたいと思っていたところなのだが……君がそう言うなら示談で済ませてもいい」

「はい？」

「君に触れることを許してもらおう」

「いやもう触ってんじゃん。ほっぺほっぺ」

するとアシュレイは「冗談だろう」と鼻で笑う。

なんだこいつ……と守里は一瞬腹が立ったが、よくよく考えれば悪いのはこっちだと怒りを収める。

「触るって……どこよ」

「どこがいいと思う？　私は、ダイレクトに感じる場所か、焦らして泣かせられる場所か迷っている」

そんなこと迷うなよ！

守里は心の中で勢いよく突っ込みを入れ、アシュレイから頬を離した。

「俺……きっと抵抗する。男に触られて気持ちいいとか……考えたことねえし」

「私も、信頼関係を築く前にこういうことをするのは本意ではないが、やはり君は、潜在的にはゲイではないかと」

アシュレイは生真面目な顔で、じっと守里を見つめて言い切った。

守里は驚きも怒鳴ったりもせず、ごくりと喉を鳴らす。

「なんか……そう言われると……だんだん自分が分かんなくなる。なんだかんだであんたを許すのも、俺がゲイだからか？　それとも何か？　俺は、美形なら性別関係ないっていう節操なしなのか？　どんなに美形でも弟にムラムラしないぞ」

「それは私にも分からないが……節操なしではないだろう。守里に節操がなかったら、私たちはとうにベッドに入っている」

「否定してくれてありがとう」

「どういたしまして」

「でも……だからといって男が好きってわけじゃ……」

「私だけを好きでいれば、問題ないのでは？　私限定の……」

パシン、と、守里の右掌がアシュレイの頭を叩いた。

「言い方は格好いいが、それでもゲイには変わりない」

「ははは」

アシュレイは髪を掻き上げて照れ笑いをする。

「俺は、だな……おいアシュレイ……っ……話を聞いてほしいんですけど……うひっ」

するりと、アシュレイの右手が守里のエプロンの中に入ってきた。

「色気がない」

「色気があったら変だろ。というか、ここでこんなことすんな」

「では、場所を変えようか。君の部屋はどこにある？」

「二階だが、鍋を火にかけたまま離れる奴があるか！　大事が起きたら大変だろっ！」

「ではここで続行だ」

「う……っ」

どうして自分は、こんなに馬鹿なんだろう。いや、今日に限って墓穴を掘りまくっている。守里は自分を責めながら嘆いた。

アシュレイの指が、ジャージ越しに守里の股間を包み込む。

それはエプロンの上からもよく分かる動きで、守里は耳まで赤くして「馬鹿やめろ」と悪態をつく。

「殴りたくなったら言ってくれ。今度は避ける」

「おい……っ……理不尽だぞこれ……っ……何が示談、だよ……っ。一方的に人の体に触って……」

男の感じる場所を心得た指の動きに、守里の腰から力が抜ける。

苦痛を感じないギリギリの力で揉まれ、扱かれ、足を開くように促された守里は、「ああ、ちくしょう」と文句を言いながら固く閉ざしていた足をゆっくりと広げていく。

「随分と素直だ」

「気持ちいいから……、だから、その……っ」

こんな言い訳は最低だ。守里は唇を噛んで低く呻いた。

「気持ちがよければ誰でもいい……というわけではないだろう？　守里」

「何を、言わせたいんだよ、この変態作家……っ。こないだ読んだあんたの本は、サスペンスでなくホラーだったたっ！」

「読んでくれてありがとう。そして私にとって『変態』は褒め言葉だ」

「ああもうっ！」

エプロンのリボンを解かれ、ジャージのファスナーを引き下げられる。

「俺もう、殴っていいか？　こんなの恥ずかしすぎるだろ。本格的だろ。もう充分示談だって！」

意味が分からない台詞を吐きながら、守里は両手を握り締めた。

「気持ちいいのは認めるが、もうだめだ。我慢できない。殴られる前に手を離せ」

「無理だよ、守里」

アシュレイの顔が近づいてくる。

「なあ……俺って……やっぱ……あんたの第一印象通りの……」

潜在的ゲイってやつか？　そして今は、指摘されて自覚したゲイとか？　でも俺、おっぱい大好きなんだけど。

どれだけ考えても答えが出てこない。頭の中がどんどん白くなって、守里に思考を放棄させようとする。

「アシュレイ」

いつまでたっても何もアクションを起こさないアシュレイに、守里は低く掠れた声をかけた。

「そんな、今にも死にそうな顔をされたら何もできないに決まっている。セックスも大事だが、私はもっと大事なことを忘れていた」

「……なんだよ」

「守里は私に恋をしなければならない」

なんだその決定事項。

「君が私に好意を持っているのは分かるんだ。昔からその手のことに関しては敏感だったから」

アシュレイは守里の頭を撫で、そのまま指を頬へと移動させる。

「だってお前、うちのボスみたいだから」

「ボス？」

「猫を……飼ってた。近所のボス猫だから可愛いって顔じゃなかったけど、うちを最後の宿にしてくれた。そいつはたった一日で、十年も前から住んでいる様な図々しさを見せてな、母さんと弟にもすっかり気に入られたんだ」

「そうか」

「死ぬまでに、もっとたくさん好きな物を食わせてやりたかったなって、今でもたまに思う。だから俺は……あんたのお願いは聞いてやるんだ」

するとアシュレイは苦笑を浮かべ、「私は猫と同じ扱いか」と言った。

「……いや、そういうわけではないけど……なんだろうな、よくわからない。俺は昔から恋愛ごとには疎いというか……」

自分が誰かを好きになるのには積極的だが、好かれることに対してはとても照れる。それで逃した恋も多々あった。

好かれるのは嬉しい。でも、知らないうちに嫌われるようなことをしていたらどうしよう、相手が幻滅するようなことを言ったり、そういう行動をしていたらどうしようと思っているうちに、これっぽっちも動けなくなってしまうのだ。

自分から告白してつき合ったことはあっても、告白されてつき合ったことは一度もなかった。無意識のうちに避けていたのかもしれない。

青春の黒歴史だ。そして今も若干引きずっている。

悠里やアシュレイほどの男であれば、堂々と胸を張って「さあ、俺を好きになってくれ」と言えるが、守里は守里でしかないので無理だ。

「多分、ね。守里。私は君が馬鹿なことをしたり、失敗ばかりをしても嫌いになったりしないよ。それぐらいで幻滅するような想いは恋でも愛でもないだろう。ティーンエイジャーの幻想だ」

守里は目を丸くしてアシュレイを見つめ、次の瞬間、いたたまれなさに両手で顔を覆う。

すみません、未だにティーンエイジャーを引きずっちゃって。

「だからね、君も、何もかもさらしてくれ。私は君のことをもっと知りたい」

「なあアシュレイ」

「なんだい?」

「……あんた、凄くいい人だ」

するとアシュレイは頬を引きつらせ、そっぽを向いてわざとらしい溜め息をついた。

「俺が一体何をした？　『された』の間違いだろうに」

守里はできあがったカレーをタッパーに移し替えながら文句を言う。

独り言にしては大きいし、それを聞いているものは誰もいない。

カレーは過去最高の出来で、母と弟は喜んで食べてくれた。

なのに。

「まったく、あの馬鹿野郎は」

アシュレイはカレーができあがる前に「帰る」とそれだけ言ってそそくさと宇野坂家を出て行ってしまったのだ。

「持って帰るんじゃなかったのかよ。こんな旨いカレーを食べずに帰るなんて、信じらんねえ」

二人前のチキンカレーをタッパーに詰めて、零れないようきっちりと蓋をする。

手作りのナンも、ペーパーナプキンに包んだ。

「何度俺に配達をさせれば気が済むんだ、あのバカ」

「……兄さん？　どうかしたの？」

守里が慌てて振り返ると、風呂上がりの弟が呆気に取られている。

「せっかくカレーを作ってやったのに、食わずに帰った馬鹿を罵っていたんだ」

「でも……」

悠里はタッパーを一瞥して、「配達してあげるんじゃないか」と肩を竦めた。

「食わすだろ。あいつの金で作ったんだから」

「兄さん……早く持って行ってあげなよ。小説家は不規則な生活をしているって聞くから、今からでも夕食に間に合うんじゃないか?」

「そうする。しかし……」

「しかし? なに?」

守里は弟を見つめ、「いい人ってさ、褒め言葉だよな?」と尋ねる。

悠里は神妙な顔で「時と場合によるよ」と返した。

「どういうことだ?」

「たとえば……友人同士だったら、『いい奴』っていうのは最高の言葉になるだろ? 友情と信頼の証だ。でも、片思いしている女子に『守里って本当にいい人ね』って言われたら、兄さんどうする?」

「え? ありがとうって……言わねえ?」

すると弟は、アシュレイと同じようにそっぽを向いてわざとらしい溜め息をついた。

随分と意味深な態度で気になるが、同じくらい腹立たしくもなる。

「なんだよ、それ」

「俺は今まで兄さんが振られるたびに『こんなに素敵な兄を振るなんて、女子は見る目がない』って思ってたんだけど……そりゃ振られるよ。もっとこう、裏を読んで。素直に受け取らないで」

悠里は守里の肩に手を置いて、またしても溜め息をつく。

まるで弟に兄の存在を全否定されたような気になって、守里は恥ずかしくなった。

「その……俺は……間違ってるのか？」

「いい人って、恋愛対象にならないでしょ？　『あなたっていい人ね』には『恋愛対象にはならないわ』という言葉が隠されてるんだ」


あなたっていい人ね。でもね、恋愛対象にはならないわ。


さっと、守里の頭から血の気が引く。

俺はもしかして……あいつにとんでもないことを言ったのか……っ！　もし自分が、片思いの相手にそんなことを言われたらかなり凹む。立ち直るのに時間がかかるぞ。いつものんびりしている男でも、そりゃ……傷つくよな。というか、俺はなんて鈍感な男なんだ。最悪だ。彼女に振られ続けるのは当然じゃないかっ！

守里の脳裏に、今までつき合った彼女たちとの別れのシーンが走馬燈のように映し出された。

なんだこの「死亡フラグ」は。「俺、この戦争が終わったら彼女と結婚するんだ」なんて目じゃないっ！「いい人」は特大の地雷だっ！

膝から下の力が抜けて、ヘナヘナとその場にしゃがみ込む。

「兄さん、大丈夫？」

悠里が慌てて抱き起こしてくれたが、守里は瀕死《ひんし》の重傷だ。主にハートが。

「手遅れかもしれないけど、謝りに行かないと」

「へ？」

「アシュレイに……謝らないと。ありがとうな、悠里」

「謝るって？ ちょっと待って、兄さんっ！ 俺がいない間に何が起きたっ！」

誰が言えるかそんなこと。

しかし守里の顔は気恥ずかしさで赤くなる。

「あー…………うん、もう言わなくていい。なんか分かった。だよな……兄さんって、その手の人に好かれるタイプだもんな」

似たような台詞を、どこかで聞いた覚えがあるんだが弟よ。

守里は眉間に皺を寄せ、じっと弟を見る。

「まあ、本人がここまで朴念仁のブラコンだから、今まで何もなく平和だったんだと」

「悠里……兄ちゃんにも分かるように話してくれ」

「アシュレイさんに告られたんだろ？」

守里は口を真一文字に結び、目線を泳がせた。

「もしくは、何かが起きた、とか」

「……悠里が知らない間に大人になってて、兄ちゃんの心は複雑だ」

「あと一つ」

悠里は守里を見つめて「最初に謝っとく」と言い、続けて「俺は心の中では、兄さんは男もいける口かと思ってた」と言い切る。

またしても、なんとなーくどこかで聞いたことのあるような言葉がリフレイン。

守里は「お前にもそう見えたか」と天井を仰ぐ。

「なんでそんなことを思ったのか、俺にも実は分からない。ただ漠然と、というか……」

「漠然と兄を両刀使いにしないでくれ」

「ごめん。でも……兄さんの『兄貴気質』は物凄いスキルだと思う。だからみんなそこに惚れるんじゃないかと」

だって目の前で困ってる連中を見捨てるなんてできないじゃないか。助けてやりたいだろ？　特に、腹を空かせてぼんやり立っている、どこぞの作家先生とかっ！

……と、大声で主張したいが、弟の綺麗な顔を前にしたら守里は何も言えなくなった。

「配達に行くなら、俺も一緒に行く」

「いや……自転車でひとっ走りだし」

「俺も行く」

「もしかして……兄ちゃん一人じゃ心配なのか？」

「うん」

頷かれてしまった。しかもしっかりと。

守里は「そんなに兄ちゃん……頼りないか？」と溜め息をつく。

「そういうことじゃなく、さ。……ほら、人間誰にでも得手不得手があるし。こういうときぐらいじゃないと、兄さんのことを助けられないし」

「愚兄ですまん」

「何言ってんだよ。兄さんは凄いって。兄さんの料理を一口でも食べたことのある人は、みんな兄さんのファンになる。こないだだって、うちを取材したいって電話が来てたじゃないか」

確かに電話はきた。夕方のワイドショーで特集を組みたいとも言われた。だが守里は、かき入れ時に取材されるのはいやだった。だから亡き父と同じように、きっぱりと断ったのだ。

「俺は、兄さんが全国区になったらどうしようかと、ずっとハラハラしてた」

「兄ちゃんは商店街の総菜屋で充分幸せだ」

「うん。……でね、配達はいっそ俺が行く」

「お前みたいな美少年を、夜間外出させられるか。これは兄ちゃんが行ってきます」

とにかくアシュレイに会って、自分がどれだけ無神経だったかを謝罪したい。いや待て、もしかしたら謝罪することがあいつのプライドにさわるってことも……ありうるな。だったら何も言わずにカレーだけ届ければいいのか？　とにかく、向こうの出方を観察しながら、慎重に話をしよう。

「無知の罪」は重い。

守里は、「いい歳をして察することができないのか俺は」と自分を叱咤しながら、弁当を自転車の籠に入れて家を出た。

「……大丈夫、かなあ。何もなければいいけど。というか、むしろ作家先生が玉砕してくれれば、俺は万々歳なんだけど」

自他共に認めるブラコンは兄の専売特許ではないのだ。


相変わらず錆だらけの門を開け、ペダルを漕ぎながら屋敷の玄関へと到着した。

「落ち着け俺。とにかく……」

守里は途中で口を噤《つぐ》む。

ドアベルを鳴らす前に、ドアが勝手に開いたのだ。

そこから現れたのは、右手にスコップ、左手に鎌を持ったアシュレイ。

しかもアシュレイの顔は酷く不機嫌で、まるで冬眠中に無理矢理起こされた熊だ。

守里は、カレーの入った紙袋を持ったまま、彼が持っているスコップに注目する。

するとたちまち、小学生の頃の冒険の記憶が蘇った。

「……守里?」

洋館の裏庭には、何かが埋められている。あのとき守里たちが出会った外国人の子供の幽霊は、大事そうに何かを小脇に持っていた。

反射的に、背筋に嫌な汗が流れる。これはある種のトラウマだ。

「どうした？　こんな時間に」

アシュレイの顔は美形にあるまじき酷いものだったが、声はいつもと同じで低く優しい。もう怒っていないのか、いやまだ分からない。守里は慎重に、言葉を選ぶ。

「カレーと……あと、ナンを焼いた。フライパンで焼いたから、本格的なものじゃねえけど。よかったら」

アシュレイに押しつけようにも、彼は両手に「武器」を持っているのでどうにもならない。

「ええと……そこの、棚の上に置いておく。食べるときはレンジで温めてくれ。あと、イモはトッピングだ」

守里は、花瓶が置いてある棚に紙袋を置き、「今日食べなければ冷蔵庫だ。カレーも鶏も足が速い。食中毒には気をつけて。ではお休みなさい」と言って、自転車のハンドルを握る。

「待ってくれないか」

声とともに、スコップと鎌が地面に放り出された。

夜の金属音はかなり響く。だがアシュレイは気にせず、守里の腕をしっかりと掴んだ。

「ごめん。なんか、いろいろとごめん。俺は無神経で、どうしようもない男だ。自分が恥ずかしい。アシュレイは……『いい人』じゃない」

言い方は少々おかしいが、おそらくこれで伝わるはずだ。

守里はアシュレイの手を払わず、彼が言葉を発するのを待つ。

「わざわざこうして、私に会いに来てくれたということは……期待してもいいのか？」

なんだ期待って……なんて言ってはいけない。沈黙がプレッシャーをかけてくるが、守里は慎重に言葉を選んだ。

「アシュレイは、俺の、いい人じゃない友だちだ。取りあえず……これから先はどうなるか分からない。でも俺は……きっとあんたにお節介を焼く、ような……気がする」

問いかけに対する答えではなかった。でも。

守里は「俺はお人好しの馬鹿だから、それに関しては本当に謝罪する」と真剣な顔で言った。

「さて、どう解釈したらいいものかな」

アシュレイは守里の腕を掴んだまま、少し困った顔で微笑む。

そこに今度はルースレッドが現れた。

「兄様っ！　誰かに見つかったりでもしたら……っ！　…………あ」

　彼女は手に大きなハサミを持っていた。高枝切りバサミの、先端のハサミの部分によく似た、なんでも切れそうなハサミだ。

「ルースレッド、お前はさっさと部屋に戻る」

「え？　でも美味しそうなカレーの匂いが……。てへ、いらっしゃい守里」

　親愛の言葉を投げかけられても、咄嗟に隠したハサミの存在は大きすぎる。一体何をやっていたのか、否、何をやろうとしているのか。

「ここで立ち話をするのもなんだから、そうだな……厨房にでも行こうか。面白い茶葉がいくつかあるから、試飲してみよう」

「……そのスコップと鎌、どうするんだ？」

「いや、別に今夜でなくてもいい」

「この屋敷に、変な噂があるのは……知ってるか？」

　あ。もしかして俺、たった今死亡フラグを立てたか？　とにかく……何かが立ったような気がする。

　守里は、できるだけ冷静にアシュレイの腕を離し、自転車にまたがる。あくまでゆっくり、余裕を持って。

「噂……？」

ルースレッドがアシュレイに寄り添い、守里を見上げてにっこり微笑む。「さあ知らないわ？」と、可愛らしい唇が動く。

「ともかく、君を使いっ走りのように扱うわけにもいかない。さあ、うちで一息つくといい。もっと……話をさせてくれ」

守里は問いかけを気持ちよくスルーされた。それだけではない。アシュレイに腰を掴まれ、自転車から引きずり下ろされてしまったのだ。

「な！　この馬鹿力……っ！」

「私は君と話がしたいんだ」

ずるずると屋敷の中に引きずられる守里に、ルースレッドが「明日は日曜日で定休日なんでしょう？　ゆっくりしていって」と、またしてもにっこりと微笑んだ。

厨房には、甘いのにどこか爽やかな、とてもいい匂いが漂った。中央にデンと構えた作業台の上に、丸まった緑色の何かが散らばっていた。

「台湾《たいわん》の友人がね、送ってくれたんだ。かなりの上物だ。本当に、甘く爽やかな、乳の香りがするんだよ」

アシュレイの指が、銘柄の書かれた紙を守里に渡す。彼は「梅山金萱茶《メイシャンジンシュアン》」と発音した。不思議な響きだ。

「質の悪い物はバニラの匂いがして、変に甘く、とても不味い。……これと、定番の凍頂《ドンティン》烏龍茶《ウーロン》に東方美人《ドンファンメイレン》」

ガラス瓶に入れられた凍頂烏龍茶の茶葉も、ころころと深緑色のビーズのようだ。みな丸まっている。東方美人は細い葉で、ぱっと見は乾燥したハーブに見えた。

ルースレッドは「カレーは匂いが強いから」と言って、スキップをしながら二階の自分の部屋に持って行ってしまった。冷めても旨いが、鶏の油が少し舌にざらつくかもしれない。ナンもできればオーブンで温めてほしかった。

「湯が沸騰したら、すぐに旨い茶を淹れてやろう」

「そ、そうか……。あのな、アシュレイ。さっきのスコップと鎌は、何に使うつもりだったんだ?」

「草刈りだよ。うちの庭は、それはもう荒れ放題だろう? 何が出てきても不思議じゃないが、蛇が出てきたら困るんだ。近所には小学校もある。小さな子供に何かがあったら、訴訟ものだ」

まったくその通りだが、こんな時間に草刈りをする方がおかしい。普通なら、昼間だ。

アシュレイはままごとの道具の様な小さな茶の道具を作業台に置く。模様の入ってない土色の急須に、ショットグラスをスマートにしたような小さな湯飲み。ミルクピッチャーを大きくした様な容器。盆にはスノコが敷いてある。

「本格的だ。こんな小さな急須を使うのか？」

「これは茶壺《チャフウ》という。これは茶海《チャーハイ》、この小さな湯飲みは茶杯《チャーペイ》と言う」

急須、ミルクピッチャー、湯飲みには、ちゃんとした名前があった。

守里は、湯で温められた茶具を感心しながら見つめる。

「君が淹れ方を覚えて、母親にも飲ませてやるといい。女性が好む味と香りだ」

「……そうだな。そう言われると……弟も母親も、大して旨くない茶を毎日飲んでいたということか。アシュレイに会えてよかった」

「そう言ってくれると、私も救われる」

アシュレイは温めていた湯を捨て、ころころとした深緑色の茶葉を茶壺に入れる。そこに、沸騰してから一旦落ち着かせた湯を注いだ。今度は飲む用だ。

上品な甘い香りが鼻孔をくすぐる。

屋敷に入るまで緊張していた守里は、この香りですっかりリラックスした。

「あと一分ほど待ってくれ」

アシュレイは蓋をした茶壺に湯を注ぎながら説明する。

「待つよ。……でな、お節介なのは重々承知しているんだが、一つ言ってもいいか？」

「なんだい？」

「この屋敷は……アシュレイが暮らすまでずっと空き家だったって知ってた？」

「荒れ放題の庭を見ればすぐに分かると思うが。……適当に除草剤をまけばどうにかなると思っていたが、草木は意外としぶといものだな」

「なんで、空き家だったか……知ってるか？　不動産屋から説明、された？」

「理由は知らないが、面白い噂はいくつか聞いた。外国人の子供の幽霊が出るとか、昔はよく、近所の小学校の子供たちが探検に来たとか……」

アシュレイは「そろそろだな」と言って、茶杯でなくまず茶海に茶を淹れた。それを今度は茶杯に注ぐ。きっとこういう手間が、茶を旨くするのだろう。

「プーアール茶では最初に茶壺に入れた茶は捨てるんだが、これはそのまま飲む」

守里は、「どうぞ」と差し出された茶杯を素直に受け取り、口に運ぶ。そして、作法も何も考えずに一気に飲んだ。

「旨いっ！　なんだこれ！　今まで飲んだどの茶よりも旨いっ！　それに……凄く香りがいいっ！　お代わりっ！」

頬を染めてはしゃぐ守里に、アシュレイはそっと二杯目を注ぐ。

「しかし、まあ……幽霊の噂には感謝した。この屋敷を誰かに買われていたら、私が日本へやってきた理由の半分が失われてしまう」

今……なんて言った？

守里は二杯目を飲み干し、茶杯を作業台に置いた。

「この付近にはマンション建設の話が持ち上がっていてな、その前にどうしてもこの土地を購入しておきたかった。だが、ここを管理していた不動産会社が、外国人に土地や屋敷を売るのは……と渋っていてな。手に入れるまでかなりの時間がかかったんだ」

月夜に照らされた白い鉄柵。季節の花々が咲き誇る美しい庭。そして、ずるずると引きずられていくスコップ。

金色の髪を持った子供が、月明かりを頼りにうろつく。その手には、何かとても大事なものが入った箱。

あの箱には、一体何が入っていたのか。

守里は小学生の頃の冒険を思い出す。あのときの子供の幽霊と、目の前の男がダブって見えた。

「金髪の、子供の幽霊を見たんだ、俺たち。この屋敷に関して……いろんな噂が飛び交ってた。それを確かめるために……夜中に集合してさ」

「よく大事にならなかったな」

「なった。そりゃもう、大騒ぎだった。散々親と先生に叱られた。でも俺たちは、本当に幽霊を見た」

「ほほう」

アシュレイは茶を一口飲むと、「私はここに一年も住んでいるが、まだ見たことがない」と微笑む。

「なあ……一年もここに住まなきゃならない大事な用事なのか？」

「本当は一年も長居するつもりはなかった。マンション建設のための立ち退き料も納得のいくものだったしな。だが……肝心の用事はまったく終わらず、君の作る弁当や総菜は信じられないほど旨い。そのうち、用事などどうでもよくなった。君の店に通って、君の笑顔を見て、君の手作り総菜を食べることが、私の中で重要な用事となった」

……最初に、それを言ってくれればよかったのに。いきなり「ゲイだろう？」と言ってキスをするんじゃなくて。そう言ってくれれば、俺はもしかしたら。

守里はそんな事を思いながら、アシュレイに向かってそっと手を伸ばす。そして彼の頬に触れた。

「できることなら、これからずっと、君に餌付けされていきたい」

「餌付け、とか言うなよ」

「守里は私を餌付けしたくない、と？」

「そんなこと言ってねえ。餌付けか？　いいさ、いくらでもしてやる。これからも山ほど旨い物を食わせてやる。ただしそれは……あんたの淹れるお茶と交換だ」

ただ謝罪に来ただけなのに、気がつくと守里はアシュレイの手を握り締めて宣言していた。

「あんたは本当に……」

守里は、隙あらば膝の上に乗ってきたボスを思い出す。庭の猫小屋を住処《すみか》にしていたボスは、どんなに綺麗にしてやってもすぐに白い毛を汚してきた。その汚れたままの格好で、守里の膝に乗るのが好きだった。大きくて重くて、汚れていて。それでも触ると毛はふわふわとして柔らかかった。

「気がついたら、俺の膝の上にいるんだな」

アシュレイは一瞬目を丸くしたが、守里が自分を何かいいものに喩えてくれたのだと理解した様だ。目を細めて笑う。

「君をずっと、愛していてもいいかな？」

「…………す、好きに、すればいいいんじゃねえ？　俺は別に……困ってねえし。それにもう、弟にバレたし」

「私が君を好きだということか？　それとも、キスをしたことか？　キッチンで触れたことか？」

「多分……全部。俺の弟は美形なだけでなく、勘もいいし賢い。『いい人』の意味を教えてくれたのもあいつだ。だから……」

弟のことならいくらでも褒められる。……が、守里はここで、自分がいかに料理以外のことは人並み以下の存在なのかを再確認し、がっくりと項垂れる。

なのにアシュレイは、うろたえることなく声を上げて笑った。

「よくここに来ることを許してくれたな、君の弟は」

「悠里は、俺がこうと決めたことは絶対に曲げないって知ってるから。気をつけてって送り出してくれた」

「つまり私は、難攻不落の城砦《じょうさい》を突破したことになる。今日は是非とも泊まっていけ」

「いや、それは無理」

「どうして？」

「あんたが掃除をしない限り……絶対にここには泊まらない。立派な屋敷なのに、綺麗なのはキッチンだけだなんてあり得ない」

「失敬だな。バスルームも綺麗だ」

守里は首を左右に振った。

だから……水回りだけが綺麗って……いや、それはとてもいいことだが、生活空間の中心が汚いのは、俺は絶対に許せないっ！　もし仮に、ベッドに押し倒されるようなことがあったらどうする。埃が舞うんだぞ？　全裸になる場所に埃を舞わせてどうするっ！

気恥ずかしくて口にできないことを、心の中でありったけ叫ぶ。

そして守里は気づいた。

「……なんで俺は、押し倒されることを前提に考えてんだ？」

「それは、君が私の気持ちを受け入れたからだろう？　無自覚は罪だと、いい加減に理解したまえ」

アシュレイがとても嬉しそうに、きちきちと守里の手を握り締める。

「俺たちは二人とも男だと思うんだが」

「しかし、君は大変ゲイに寛大だ。ありがとう。私はとても嬉しい」

「や、やり方なんて、尻の穴に突っ込むってことぐらいしか知りませんけどっ！」

「私に任せておけばいい。未開発の処女をじっくりと調教するのは男のロマンだ」

「俺も男だ」

「分かってる。喩えたまでだ」

アシュレイはますます嬉しそうに微笑んだ。

「だから、泊まっていきなさい。二階の客室であれば、蜘蛛の巣が張っているぐらいだ」

「絶対に嫌だっ！　掃除をする。いやさせろっ！　今からでもいいから、きっちり掃除させろっ！　手伝えっ！　話はそれからだっ！」

守里はアシュレイの手を振りきって勢いよく立ち上がる。

「屋敷の中を綺麗に掃除したら、私の恋人になってくれる？」

「まかせろっ！」

元気よく返事をしてから事の大きさに気づき、守里は両手で顔を覆ってその場に蹲った。

放ってしまった言葉は訂正できない。

今日は絶対に、慎重に口を開こうと思っていたのに。俺ってヤツは本当に……。

今更自分を罵っても仕方のないことだとわかっていても、罵らずにはいられなかった。

「そうかなんだ。最初からこうすればよかったのか。ふむ。確かに私は、酷く遠回りをしたようだ。守里、君にも謝罪しなければ」

おそらくアシュレイにとって、今日という夜は記念日になるだろう。

彼はそれくらい幸せそうな笑顔を浮かべていた。

「……兄様、もう話は終わった？　だとしたら……私は自分の用事を済ませようかと思うんだけど」

厨房のドアを開けて、ルースレッドが顔を覗かせた。

彼女はまだ、手に大きなハサミを持っている。

「ルースレッド、それは明日にしよう」

「でも兄様……早く見つけてしまわないと大変なことになるわ」

彼女は床に蹲った守里にちらちらと視線を向けながら「私、来週にはアメリカに帰るのよ？」と言った。

「分かっている。それまでには、絶対に見つけ出すから」

「守里に知られたらどうするの？　人は驚愕《きょうがく》の事実を前にすると豹変するものよ？　今は可愛い子犬ちゃんでも、兄様の首を噛み砕く狼《おおかみ》になるかもしれないのよ？」

ちょっと待て。物騒な喩えはやめてくれねえかな。

守里は両手を下ろし、顔を上げてルースレッドを見る。

「だって私、一年も守里を見つめ続けていた兄様と違って、知り合ってから日が浅いんですもの。でもカレーはとても美味しかったわ、ごちそうさまでした」

ルースレッドは兄に拗ねて見せ、守里によそ行きの笑顔を見せた。

「驚愕の事実ってなんだよ。まさか……本当にこの屋敷の庭に死体でも埋まっているのか？　アシュレイが大事な用って……まさか、死体の確保？」

守里の問いかけには応えず、ルースレッドは大きなハサミをジャキジャキと鳴らした。

昔プレイしたホラーゲームを思わせる動作に、守里は鳥肌を立てる。

厨房が、水を打ったように静まりかえった。

守里はホラーが好きだが、それはあくまでフィクションだから好きなのであって、ノンフィクションは好きでもなんでもない。むしろこの世から根絶してくれと願っている。

「この屋敷には金髪の子供の幽霊が出るって……そういう噂があるんですってね。不動産屋さんは『たんなる噂ですから』と言っていたけれど……、ねえ守里。事実だったらどうしましょう」

ルースレッドの囁くような声と、ハサミを動かす音が重なる。

アシュレイは何も言わずに、意味深な視線を守里に向けた。

「お、俺……は……っ」

緊張が増し、声が上擦る。冷や汗はあとからあとから流れてくるし、足だって立っているだけで精一杯だ。

守里は、家に残してきた母と弟のことを考えた。自分がいなくなったらどうなってしまうのか。そんな恐ろしいこと、今まで考えたこともなかったのに。

ここで二十九年の人生が終わってしまうのか、それとも、一生奴隷として生きていく事を強いられるのか。そんな危ない世界は、ホラー小説の中だけだと思っていた。どうしたらこの状況を打破できるのか、守里は懸命に考える。

すると。

それまで冷ややかな表情を浮かべていたルースレッドが、いきなり笑い出した。

「も、いやだわ……っ……そんな真剣な顔で……っ……守里ったら！」

「…………え？」

「どうして私が兄様の可愛い恋人を殺さなくちゃならないの？　もう」

「いや……だって……そのハサミ」

守里は、ルースレッドがジャッキンと鳴らしたハサミを、震える手で指さす。

「これは、裏庭にはびこる憎き蔦《つた》を切るためのものよ。こんな美しい私が、髪を振り乱して蔦を切りまくっているところなんて、人に見せられないでしょう？　だから、夜中に切っておこうかなと」

待て。それはそれで、また嫌な都市伝説が生まれそうだ。「真夜中に巨大なハサミを持って追いかけてくる髪の長い美女がいる」って。

取りあえず、守里はルースレッドに担がれたのだと理解できた。

アシュレイがクスクス笑っている。

「あんたなあ！　黙って様子見をするなよっ！　俺は本当に恐かったんだぞっ！」

「ああ。いい表情だった。今書いている話に、是非とも使わせてもらおう」

「俺を好きなら俺を守ろうとか、普通は考えないか？　俺が焦っている姿を見て喜ぶなんて、あんたはサディストか」

するとこの兄妹は、「否定はしない」と仲良くハモッて極上の微笑みを浮かべた。


弟が寝ていたら起こすのは可哀相だと、守里は悠里にメールで「明日、掃除道具持参。動きやすい格好。食材を持ってアシュレイの家へ。午前中からこい」と、送信した。

一分も経たないうちに「？？？…………了解！」と返信がくる。

「その顔は、どうやら君の守護騎士も大掃除に参戦ということかな？」

アシュレイは、きっちり一人前残っているチキンカレーを食べながら守里に聞いた。

「ん？　悠里のことか？　ああ参戦だ。どれだけのゴミが出るか分からないが、一時的に置く場所は山ほどあるから大丈夫だろう。……ところで、指定ゴミ袋はあるか？」

「さあ。いやたしか……数枚なら見たことがある」

「な……っ！」

守里は慌てて、「四十五リットルのゴミ袋をありったけ買ってこい。領収書も」とメールを追加送信した。

「アシュレイは、今夜は厨房かバスルームで寝ろ。……しかしルースレッドはよくこんなところで寝泊まりできるな」

「彼女は、自分の部屋だけは綺麗にしているんだ。あれはびっくりした。……このナン、旨いな。また焼いてくれるか？」

アシュレイは一口大に裂いたナンを口に入れ、じっくりと噛みしめて幸せを味わう。

「いくらでも焼いてやる。……なあ、俺はそろそろ廊下を掃きたい。掃除道具はどこにあるんだ？」

「地下の倉庫だ」

守里は「そうか」頷いて、アシュレイの向かいに座り直した。

地下と聞いて、行く気がなくなった。

「……行かないのか？」

「ホラーやサスペンス物だと、屋敷の地下で事件が起きる」

「ここには私たちしか住んでいないと思うが……」

「そこは断定しろよっ！　世帯主としてっ！」

守里が突っ込みを入れると、アシュレイは笑って「そうだな」と頷く。たわいもない、どこにでもあるような友人同士の会話だ。そう、まだ今は。

「この、骨付き肉の身離れのよさといったら……。これはライスでも食べたいなあ」

「実は、そこにショートパスタを投入しても、とても旨い」

「聞くんじゃなかった……この屋敷には茶葉と酒しかないというのに……っ」

アシュレイは本気で苦悩して、切ない溜め息をつく。

「俺が傍にいれば、そのうち食べる機会もあるんじゃねえ？　その代わり、うちに通え」

「私用に、弁当を用意してくれるのか？　それは嬉しい」

「ばか」

守里は、カレーが入っていた紙袋を畳んだり開いたりしながら「店じゃなくて、うち」

と言った。恥ずかしくて耳が赤くなる。

「そうか……。うん、私は馬鹿だな。しかし、君がそんなふうに……急に可愛いことを言ってくれるとは思わなかった」

「約束したじゃねえか。……屋敷を綺麗にしたらつき合うって。だから、それの練習」

「……って言っておけばいいんだろ？　でも気恥ずかしくて死にそうなんだけど俺っ！　好かれているから……なんて余裕はこれっぽっちもない。

美形に好意を寄せられるのは嬉しいが、相手は男だ。それでも……まあ、こんなこともありかと思える自分がいるのも事実。

「俺も大概……ぶっ壊れてんよなあ。もっと悩むかと思ったのに、こうもあっさり認めるとは」

「潔い、ということだ。それに、まだ私たちは、厳密に言うと『肉体関係を前提とした友人関係』を築いている最中であって、肉体関係があるわけではない。己の真意が確かめられるのは、おそらくセックスのあとだ」

エロいことを真顔で語らないでください、作家先生。

守里は実にしょっぱい表情を浮かべ、首を左右に振る。

「なあ。それ食ったら、俺と一緒に地下に行ってくれねえ？」

「構わんよ」

「明かりはつく？」

「私が降りたときは大丈夫だった」

「そっか……」

守里は携帯電話に視線を向け、今の時間を確認する。

何をどう時間を潰していたのか知らないが、もう午前一時。どうりで眠いはずだと、守里は小さなあくびをした。いつもなら、もう布団の中にいる。

「眠いなら無理をするな」

「……いや、このピークを乗り切れば目が冴《さ》える」

「掃除道具を出すのは、何も今でなくても」

「仮眠を取るにしても、ここの床に掃除機をかけずに寝られるかよ」

「だったら、私の寝室を使えばいい。そこだけは、何かに備えて綺麗にしてある。ちなみに私が使っているベッドは、仕事部屋の簡易ベッドだ」

守里はしかめっ面を浮かべ、アシュレイをじっと見つめた。

屋敷が広いから掃除をする場所がピンポイントなのだろうか。

清潔でフワフワのベッドの誘惑は強烈だ。だがもしここで寝たら、あからさまに言うと貞操の危機。いや、守里は確実にアシュレイに美味しく戴かれてしまうだろう。それはさすがに控えたい。

「やっぱ家に帰る。一晩ここにいるっていう理由もないし。風呂にも入りたいし。焦って悠里にメールをすることもなかった」

「返したくないと言ったら？」

「帰る。つき合う前にセックスなんてできねえだろっ！　そういうのは、おつき合いして、三カ月ぐらい経ってからだっ！」

アシュレイは口を閉ざして首を左右に振り、ペパーミントを浮かべたミネラルウォーターを一口飲む。

「それも一つの選択だと思うが、体の相性を確認するなら早いほうがいいと、私は思うが」

「好きだと言っておいて、やっぱり相性が悪いから別れる……？　最悪だ」

「いやいやいや」

アシュレイは苦笑して、「早いうちから改善策を話し合えるだろう？」と付け足す。

ああ、そういう意味ですか。なるほど。それはいいと思います。

守里は頬を染め、「ふむ」と頷く。

「だから、ね？　挿入は成り行きに任せるとして、同じベッドで寝てみないか？」

「掃除をしてからつき合うと、そう言ったと思うんだがなー、俺は」

「つまり『掃除』をすればいいのだな」

アシュレイは「ごちそうさま」と言って立ち上がり、シンクに洗い物を置き、その足ですたすたと地下に向かった。

「おい、俺も行くってっ！」

「すぐ終わるから待ってろ。君はそのカレー色の容器を洗っておいてくれ」

「………カレーが入っていた容器を洗うのは面倒なんだぞ、おい」

守里は独り言を呟いてから、「まずはつけ置き、だな」と立ち上がった。


何度手伝うと言ってもアシュレイは話を聞かず、守里がハラハラと見守る中、仕事部屋の掃除を始めた。正しくは、仕事部屋の隅にある「簡易ベッドとその周り」だが。

作家はみな、アシュレイのように紙で部屋が埋もれているのだろうか。それとも、この男だけが特別なのか。

守里は、積み上げられた書籍や郵便物を見つめながらそう思った。

「俺はこの部屋を片づけたい」

使い終わったティーカップやマグカップが幾つも並んだデスク。山ほどの付箋やメモを貼り付けたままのモニター。キーボードには飲み零した跡がそのまま残っている。ボールペンがいくつも床に転がり、封を切った封筒はラグマットのようだ。

デスク側からドアに視線を向けると、アシュレイの通り道がよく分かる。これではまるで「けもの道」だ。

横になれる大きなソファの背もたれには、洗濯の済んだ衣類が置かれている。すぐ横にクローゼットがあるが、その前には通販物が入っていたのだろう段ボールが積み重ねてあって使えない。

「……ものぐさ、なのか?」

守里はせめてあの段ボールだけでも潰しておこうと、一歩前に踏み出す。

と同時に、アシュレイが「終わった!」と声を上げた。

「見てくれ守里。私もやればできる」

あー……こいつ、一番タチの悪い言い回しを使ったな。「やればできる」ってのは、何もできないヤツに言う台詞じゃないか。

守里は複雑な表情を浮かべて振り返る。

確かに綺麗になっていた。ゴミ箱は空だし、ベッドメイクもできている。シーツはすべて新品と交換されていて、すぐ横の窓も綺麗だ。

その代わり、ようやく発見したゴミ袋は不要品で四つほどパンパンになっている。そのうち二つは、シーツや枕、上掛けなどのベッド関係だ。

「勿体ないじゃないか、シーツは洗えばまた使えるだろ？」

「…………ああ、そうだったな」

アシュレイは苦笑を浮かべ、シーツやタオルケットの入ったゴミ袋に、マジックで「洗濯物あり」と書いた。残りの二つは正真正銘の紙ゴミだ。

「取りあえず、これを廊下に出してくるから、守里はシャワーでも浴びてくれ」

「シャワーって……」

守里はベッド脇から部屋の中を見渡し、ドアに向かう以外の「けもの道」を捜す。

あった。一つだけ、段ボールで塞がれていないドアが。

「了解」

水回りは綺麗にしていると言ったから、それは期待しておこう。

それでも守里は、お化け屋敷に入る客の様にちょっぴりドキドキしながらけもの道を歩いた。

果たしてバスルームは美しかった。

トイレとシャワーとバスタブが、美しいタイルの上で輝いている。

タオルは常に新しく、トイレットペーパーはきちんと端が折られている。バスタブには水滴の跡さえ残っていない。

守里は混乱した。水回りをここまで完璧に掃除できる男が、なぜ自分の部屋の掃除ができないのか。

「んだよこれ……鏡まで、曇り一つない」

おそらく、水垢《みずあか》がつかぬように専用の洗剤を使っているのだろう。それを言ったら、この美しいモザイクタイルも、乳白色のバスタブもそうだ。

ガラス張りのシャワー室も完璧な仕上がり。

ちょっとばかり掃除に自信のあった守里は、その自信が粉々に砕けた。これはもう、脱帽の域だ。

「……あとでどんな洗剤を使ってるか、聞いておこう」

そう言って守里はバスタブに湯を張り、服を脱いだ。


大きなバスタブは、守里が足を伸ばしても余裕だった。こんなふうに足が伸ばせるのは気持ちがいい。守里は、来月から「家の風呂場改装費用」を貯金しようと決めた。

「取りあえず、やることはすべてやった」

そこへ、すでに全裸のアシュレイが入ってくる。

「おいっ！　なんだそれっ！」

いきなり全裸で登場した彼に、守里は規則正しく突っ込みを入れた。

「洗濯機に突っ込んできたんだが……」

「それがどこにあるのか知らないが、つまりあんたは、そこからここまでずっと全裸で歩いてきたってことか？」

「そうなるな」

アシュレイは「気にするな」と笑い、シャワー室のドアを開けた。

あのですね。何もかもが丸見えなんですよ、そこはガラス張りだから。少しは羞恥心を持てと。

守里は「立派だったな」と呟いて、バスタブから立ち上がる。そして、バスタオルを掴もうと手を伸ばした瞬間。

「なぜ出るっ！」

シャワーの湯で濡れそぼったアシュレイが、ガラスのドアを開けて大声を上げた。

「だってあんたが入るんだろ？　俺はもう済んだし。……あ、ガウン借りるから」

「一緒に入ろうと思っていたのに……私はとても楽しみにしていたんだっ！」

アシュレイの必死の叫びを聞いて、守里は「そ、そうか……」と気圧されてバスタブに戻った。

俺と風呂に入るのがそんなに楽しみだったのか。ったくよー。好かれるって気恥ずかしいし照れる。つか、恋人同士にもなってねえっての。

バスタブの中で体育座りをしながら、守里はふと思った。

「俺……そうだよな……うん、掃除が終わったらつき合うって言った。……ということは、アシュレイはすでに俺の恋人なのか……」

こんな簡単に、恋人同士になっていいのか？　いや、そう決めたのは俺だ。しかし、なんでこんなことに。

……と、守里は勢いよく顔を上げた。自分が言ってしまったことを、今更グチグチ言っても仕方がない。悩んでも解決策のないことを延々と悩むような年頃ではないので、「なるようになれ」と腹をくくる。思考放棄でも現実逃避でもなく、物事を受け止めようと決意した。

それに、と、守里は思う。いくら「俺たちゲイカップルです」と言っても、関係が成立して数時間しか経っていないのだ。ここでいきなり無体なマネをしたらどうなるか、アシュレイにも分かっているだろう。

「そうだな。やめろと言ってもやめなかったら、店に来ても何も売ってやらん。顔も見ないし話も聞かない、と。こんなもんだろう。逆に紳士的だったら好感度は急上昇だな。なりゆきいかんでは未知の世界の階段を一つ登ってやってもいい」

守里は、今後に立つ可能性のあるフラグを心の中に配置する。

するとちょうどよくアシュレイがシャワールームから出てきた。タオルで顔を拭くこともなく、両手で乱暴に前髪を掻き上げる。美形は何をやっても様になる見本というか、弟の美形っぷりに慣れている守里でも、今のアシュレイは別格だった。

「済まないが、背中に隙間を空けてくれ」

「え？　あ、ああ」

てっきり向かいに腰を下ろすと思っていた守里は、首を傾げながらバスタブの中程に移動する。背後の空いた場所にアシュレイが入って来た。

そこでようやく、守里はこの格好が何を意味するのか理解する。

「……おい、アシュレイ」

バスルームに、守里の低い声が響く。アシュレイは嬉しそうに小さく笑うだけだ。そのうち彼の両腕が守里を背後から抱き締め、ぐいと引き寄せた。

「初心者に何をするか。少しは考えろ。俺がどれだけ緊張しているのか、あんたに分かるのか？」

「分かるよ、守里」

耳たぶにアシュレイの唇が触れる。こそばゆくて、守里は肩を竦める。

「余計な力が入ってるから首筋が張っている。それと……反応が過敏だ」

「そうなるだろ。風呂の中でどうやってやんだよ」

「……そうか。君はここで私とセックスをするかもしれないと、期待しているわけか」

違うと、そう言いたかった。なのにアシュレイに強く抱き締められ、首筋に顔を埋められたら言えなくなってしまった。

セックスはともかく、快感への好奇心は人並みにある。

「おいアシュレイ。俺が初心者だと言うことを肝に銘じておけ」

アシュレイはまた嬉しそうに笑い、いっそう強く守里を抱き締めた。

「それは重々承知しているんだが……君がいちいち可愛いことを言うから自信がなくなってきた」

するりと、アシュレイの指が動き出した。

彼の指は背後から脇腹を撫で、そのまま腰へと移動する。

「そ、そこから先は……侵入禁止だ」

「そうか。ではUターンしよう」

低い笑い声と共にアシュレイの指は守里の脇腹を逆撫でて移動し、胸に辿り着いた。

「え？　お、おい……っ」

そんなところを弄って楽しいのか？　固いし。ぺたんこだし。

守里はアシュレイが何をしたいのかさっぱり分からないが、アシュレイはすこぶる楽しいようで、両手をゆっくりと動かして守里の胸を揉み出す。

「な……っ……そんな、こと……すんなよ……俺は……女じゃねえ……っ」

「分かっている。でもね、守里。ここをこうして弄ってあげると、気持ちよくなっていく」

揉まれた刺激で勃ち上がってきた乳首を、乳輪ごと摘まれて指先で擦られた。

「…………っ！」

守里は息を飲み、体を震わせて声をこらえる。

ただ胸を弄られているだけなのに、くすぐったさはどこにもない。その代わり、緊張して萎えていた陰茎を硬く勃起させるほどの快感があった。くにくにと優しく弄られるたびに、守里の体の中には次から次へと快感の波が押し寄せる。

女のように扱われるのは悔しいが、守里はアシュレイの指を拒否できずに声を上げた。するとが楽になったのか、体はさっきよりも素直にアシュレイの愛撫を受け入れる。

「ん、ん……っ……アシュレイ……っ」

揉まれ摘まれ、小刻みに弾かれては時折強く引っ張られる。守里の乳首はすっかり硬く勃ち上がり、愛撫と快感で赤く膨らんだ。

「初めてで乳首が感じるのか。守里は」

「あ、あ……っ……違うって……俺……っ……」

はいそうですなんて、恥ずかしくて言えない。守里は首を左右に振って否定するが、アシュレイの指の腹で先端をくすぐられて、今度は高く甘い声を出す。

「ちっ、違う……っ……今のは……俺の声じゃなくて……っ……いい歳した男が、こんな声を出すわけないだろっ！　馬鹿っ！」

気持ちがいいのに恥ずかしくて死にそうだ。性器を愛撫されて声を上げるならまだしも、乳首を愛撫されて女のような声を上げるなんて、ありえない。

守里はきゅっと体を丸め、「もうやめる」と情けない声を出した。

「感じるのは悪いことじゃない。君がどんな声を上げても、私は馬鹿にしたり笑ったりしないよ？　守里。むしろ、私の愛撫に感じてくれているんだと、嬉しく思う」

アシュレイは守里の首筋にキスを落としながら囁く。

「俺……初心者じゃないか。……初心者なのに……さ、彼女とセックスしたときよりも感じてるって、おかしくね？　凄く恥ずかしくね？」

ここで昔の彼女のことを言うのはデリカシーに欠けると、分かっている。しかし今の守里には余裕がない。何もかも受け止めるしかないだろうと、頭では分かっていても、いざ体験するとこんなにも焦るものなのかと、たった今知った。

それをアシュレイも分かってるのか、彼は笑いもからかいもせず「恥ずかしくないよ」と言ってくれる。

「別にいいじゃないか。君の彼氏は美しく逞《たくま》しく、君を満足させるだけのテクニックと持久力を持っている。おまけに、立派な職に就いている、と」

「……そ、そう……だな」

「だから、もっと可愛い声を聞かせてくれ」

「俺は来年……三十になるんですけど」

「何歳だろうと関係ない。私は君を愛しているんだ、守里」

「そう言うなら……まずは、その……いきなり体を触るのではなく、だな」

守里は蚊の鳴くような声で「キスが最初だろ」と言った。

言った自分が恥ずかしいとばかりに、守里は耳まで真っ赤にする。

「そうだった。それをすっかり忘れていたということは、私もかなり焦っているのか」

アシュレイは苦笑を浮かべて天井を仰いだ。

「俺は……あんたと唇を合わせるの……平気だから。初心者でも、それくらいは……」

守里は広いバスタブの中で向きを変え、膝立ちになってアシュレイの肩に両手を置く。

「つき合うと約束したから……？」

「違う。キスは……最初から、嫌じゃなかった。だから……今考えると、もしかしたら俺は……」

その先は言えなかった。

アシュレイが勢いよく守里を引き寄せて、キスをしたのだ。

舌を絡め合い、吸い、口腔をなぞるように愛撫する。たまった唾液は飲み下し、再び寄越せと乱暴に口づけた。

バスタブの中で膝立ちしたまま、二人は息継ぎをするのももどかしくキスを交わす。

「馬鹿……っ……アシュレイ……やらしい……っ」

「そうしているんだから、当然だ」

アシュレイは嬉しそうに微笑み、守里の顎にキスをする。彼の唇は少しずつ移動し、興奮してふっくらとした乳首を堪能してから、また移動した。

「な、なあ……その先は……ちょっと……初心者には……」

「安心しなさい。いきなり最初から私の真似をしろとは言わないから」

「でも……いつかは……するんだよな……？」

その、体型に似合ったご立派な物を銜える時がくるってことですね。……でもまあ、その頃になったら、きっと俺は平気でやっちゃうんだろうな。

なんて思って、守里は赤面する。これじゃまるで、ラブラブの恋人同士だ。

「そうだな、いつかはやってもらえると嬉しいかな。だが、本当に急がなくていい」

アシュレイはふわりと微笑んで、守里の腹にキスをする。

「そんなふうに優しくされると……頑張ろうって気になるじゃないか」

「そうか。では、やり方を覚えてくれ」

アシュレイの声が聞こえなくなる。陰茎にアシュレイの吐息がかかり、守里は彼の口腔にそっと包まれた。

「んぁ……っ……あ、あ……っ」

舌が動いているのが分かる。アシュレイの舌が守里の陰茎の感じる場所を丁寧に辿り、嘗め、焦らす様にくすぐっていく。

それだけで、何年もセックスの機会がなかった守里は快感で頭が真っ白になった。ツボを心得た舌の動きがたまらない。たまらず喘ぐと、気をよくしたアシュレイが強く吸ってくる。

「あ……っ……だめ……っ……そこ、嘗められたら……俺……っ出るって……っ」

鈴口を舌先でこじ開けるように先走りを嘗め取られると、身震いするほど気持ちいい。

「アシュレイ……っ……ん、んん……っ」

愛撫は陰茎だけではない。アシュレイの指は守里の陰嚢を掌でそっと転がすように撫で、優しく揉んでいく。

「く……っ……ぁ、ああ……っ」

フェラチオの経験はあるが、こんなふうに二カ所を同時に責められたことはない。守里は背を丸め、アシュレイの頭を掻き抱きながら「もっと」とねだった。

急所をさらけ出して相手に委ねているのに、信じられないほど気持ちがいい。

「アシュレイ……っ……アシュレイ……っ」

知らず知らずに守里は腰を揺らし、切ない声を上げた。

初心者なんだから、もうイかせてほしい。耐えることを覚えるのは、まだ先でいいだろうと、守里は「早く」と声を上擦らせる。

「そうだな。君のペニスは、射精したくてたまらないと、さっきから先走りを溢れさせている。いやらしくて可愛い」

アシュレイは口を離し、わざと守里に唾液と先走りで濡れた陰茎を見せた。

恥ずかしくてどうしようもないのに、守里は、それと同じくらい快感が背筋を震わせるのを感じた。

「アシュレイ……俺……もう……イきたい……っ」

「いいぞ」

イきたいと、そう言ったのに、アシュレイは再び守里の陰茎を銜えた。

「え？　……俺……あんたの口の中に出すのは……っ……」

いやだと言おうとしたのに。後孔に指を挿入されて唇を噛みしめる。湯に浸かって柔らかくなったそこは、いとも簡単にアシュレイの指を飲み込んだ。

「や……いやだ……っ……こんな……いきなり……っ……あ、ああ……っ……だめっ」

射精を促すように陰茎を強く吸われ、後孔の指を動かされる。

苦痛こそないものの、後孔への挿入は違和感しかない。それなのに指を増やされた。

「だめだって……ばか……っ……いきなり……初心者相手に……最後まで、やるのかよっ」

アシュレイは何も言わずに、一気に守里を追い詰めていく。

後孔を貫く指が三本に増えたところで、守里は突然体を震わせた。指の一本が、肉壁にある敏感な場所を刺激したのだ。

「や、もう、だめ……っ……だめだって、ほんとに……俺、こんなの……だめ……っ」

数度刺激されただけだが、これは耐えられる快感ではなかった。

守里は「いやだ」といいながらアシュレイの口腔に射精する。

アシュレイはそれを飲み干して、ようやく顔を上げた。

「ばか……飲むなよ、そんなの」

「君の味を覚えたかった」

途端に守里は涙目になって顔を伏せる。

「恥ずかしい」と「気持ちよかった」の他に「嬉しい」という気持ちまで出てきて混乱した。

なんなのこいつ。恥ずかしい。こんな恥ずかしい男が、俺の恋人かよ。わかったよ。あんたにばっかり……奉仕させられねえだろ。俺だって、あんたがしたいことをさせてやる。

守里は顔を伏せたまま「最後まで、してもいいぜ」と言った。

言ったはいいが声が小さい。

アシュレイは「ん？」と首を傾げて、守里の顔を覗き込んだ。

「守里。もう一回」

「なんども……言うことじゃねえし」

「聞こえなかったんだから。頼む」

「決死の覚悟で言った台詞なんだぞ、こら」

「だからこそ、もう一度聞きたい。君のその、可愛い口から聞かせてくれないか？」

アシュレイと、守里の視線が合った。アシュレイの目が笑っている。この男は、最初の台詞をちゃんと聞いていてなお、守里にもう一度言わせようとしているのだ。

「な……っ」

「もう一度、言ってくれ。もっとハッキリ、大きな声で」

「な、なんで……俺が……っ……」

それでも、アシュレイを見ていると体の奥が疼くのを感じる。守里は、自分の適応力の高さに苦笑しながら、小さな溜め息をついた。

「馬鹿。……最後までしろよ。俺……も、してみたい」

「優しくする」

アシュレイが、守里の体を抱き上げる。守里は「当たり前だ」と彼にしがみついた。


世界で初めてこれを実践した人間は、本当に凄いと思う。

守里は、潤滑油で濡らした後孔に、そっと陰茎を押し当てるアシュレイを見上げながら、そう思った。多分きっと、どうしてもしたくてたまらなかったんだろう。それくらい相手のことが好きだったのか、欲望に駆られていたのかは分からないけれど。

守里はゆっくりと息を吐きながら、「好き過ぎてやってしまった、の方がいいな」と思った。

「辛いか？」

ゆっくりと押し進めながらアシュレイが尋ねる。辛くはないが苦しい。あと、やっぱり恐いなと思いつつも、守里は「平気」と答えた。

これ以上ないくらい優しくされているのだ。自分も少しぐらいは我慢してやろう。

守里は両腕をそっと伸ばし、アシュレイの背に回す。

「あんたも……すごく我慢してるんだろ？　初心者が相手でごめんな」

「私はこれから、一生を懸けて君をどう幸せにしてやろうかと考えていた。君が謝る必要などないよ」

「………そっか」

「君が慣れたら、それはもうパラダイスだと思ってくれ。それこそ、新たな世界が広がる。趣向を凝らしたさまざまな世界がね。だから安心しなさい」

「了解、した」

アシュレイがゆっくりと動き出す。

ああ、俺の中で動いてるのが分かる。熱くて硬くて……なんか、やらしい。

そう思った途端、守里は「あ」と小さく喘いだ。

アシュレイに体の内を愛撫されている。

暴かれながら愛撫される。それがいい。気持ちよくて陰茎が屹立《きつりつ》する。

「もう少し……動いてもいいかな？」

「動いて……俺……もっと……気持ちよくなりたい……っ」

アシュレイが目を細め、無邪気な顔で笑った。

暴かれつつ、暴いている様な気がする。だからもっと違うアシュレイが見たい。

守里は「アシュレイの好きに動いてくれ」と、彼の耳に囁いた。


遠くで、弟の声が聞こえた。そして、なぜか幼なじみの波田野の声まで聞こえる。

ルースレッドが「やるのよ！」と号令をかけていた。一体なんの話だ。

守里はゆっくりと目を開けた。

窓から爽やかな風と日光が降り注ぐ。

「おはよう。よく眠っていたね」

ベッドに腰をかけて自分を見つめているのは、白馬の王子だろうか。キラキラとした美しい顔に日光が当たって眩しすぎる。

でも白馬の王子がくたびれたパーカーに膝の出たジーンズを穿いているのか。

「……アシュレイ？」

「ああ。少し無理をさせてしまった。申し訳ない。……君があまりに可愛らしかったから」

アシュレイの、今の笑顔は少し間が抜けていた。近所の新婚さんと同じ顔だ。

つまり幸せボケ。

「ああ……そういえば俺は……アシュレイの恋人になったんだな」

「そうだよ」

するりと、アシュレイの指が守里の頬を撫でる。

「もう少し寝ていていい。外の仕事は私たちと、君の弟と友人……波田野君かな？　で、やっておく」

「いや、悠里と波田野がいるなら俺は絶対に顔を出さないと……！　うぐ……っ」

守里は起き上がろうとしたが体に力が入らず、アシュレイに体重を預けた。

「だから昨日……いや正確には今日未明、守里はセックスで無理をして上手く動けないと」

「あああああっ！　人がせっかくスルーしたのに二度も言うなっ！」

初体験が思いの外気持ちよかったので、つい「もう一回してもいい」と言ってしまった守里は、本気モードのアシュレイに散々啼《な》かされたのだ。

守里は首まで赤くし、「俺は騎乗位は初めてだった」と、恨めしそうにアシュレイを睨む。

「次回からは気をつける。絶対に気をつける。暴走しない。だから、私が再び呼びに来るまで、ゆっくり体を休めてくれ」

アシュレイはパーカーのポケットから鎮痛剤を取り出して守里の口に押しこみ、ミネラルウォーターのキャップを外してそっと飲ませる。

「……アシュレイが飲ませてくれるだけで、タダの水まで旨く感じる」

「そうか」

「起きたら、メシを作ってやるからな。すんげー旨い飯。悠里がどんな食材を持ってきたのかわかんねえけど、絶対に旨いものを作る」

「実は私も、『お楽しみ』があるんだ。それを今日、見せられるといいのだが」

アシュレイはそう言って、首を傾げる守里の額にキスをした。

「よーしっ！　男子たちっ！　よくぞ頑張った！　道をつけたっ！　これで、お目当ての箱は手に入れられそうよっ！　今日中にトレジャーハントが終わるなら、私のモデル友だちと合コン決定！」

ルースレッドは長袖のＴシャツにジーンズ、サングラス、頭には帽子で首回りはタオルを巻くという紫外線対策姿で、悠里と波田野を褒め称えていた。彼女は相変わらず巨大なハサミを持っているが、キラキラと美しいままだ。

「俺さ……守里に会いに行くからってここまでついてきただけなんだけどさ」

波田野が、軍手で汗を拭いながら溜め息をつく。よそ行きカジュアルな洋服は、草花の汁で深緑色に汚れていた。もちろん、高そうなスニーカーもだ。

「ここまで道を作っておいて、そういうことを言うのはやめましょう。ね？　波田野さん。俺、だんだんやる気が出てきた。箱ってなんだと思います？」

悠里はトレーナーでワイルドに顔の汗を拭き取り、巨大な鎌を構える。その姿は、まるでアクションゲームの主人公だ。美形でスタイルも抜群なのでそのままコスプレ撮影会ができそうな気がする。

「箱って言ったら……アレだ。俺たちが小学生の時に見た、子供の幽霊が持っていた箱だろ。トレジャーハントってことは、宝が入ってるってことか……？　マジで？」

この洋館の幽霊の噂は悠里も知っている。というか、この屋敷の近所にある小学校に通っていたものなら、誰でも知っているほどのポピュラーな噂だ。

「だとしたら、ルースレッドさんたちはあの幽霊の子孫？　いや、親戚？　でも、なんで一年前から住んでるのに、今頃……」

悠里は首を傾げて、裏庭に続く道を切り開いた。

そこは、昔は立派な花壇だったのだろう。綺麗に囲われた石だけが残っている。

「あー……ここって……」

波田野は、子供の頃の恐ろしい記憶が蘇ってきたのか、眉間に皺を寄せて押し黙った。

そこへ、水筒と紙コップを持ったアシュレイがやってくる。

「いきなり仕事を押しつけて申し訳ない。しかし日当はしっかり払うから安心してくれたまえ。喉が渇いたかと思って持ってきたんだ。飲んでくれ。甘く冷やしたミントティーが入っている」

なんとも爽やかで汗が引きそうなイメージだ。

波田野は喜んで紙コップを受け取った。

「あの、俺の兄さんはどこにいるんでしょう。屋敷の中を掃除しているってルースレッドさんから聞きましたが、俺はまだ会ってないです。俺の兄さんに」

悠里は「俺の兄さん」と強調して、アシュレイを睨みながらミントティーを戴く。

だが一口飲んだ途端に、表情が柔和になった。

「これ、美味しい……」

悠里が呟く横で、波田野は二杯目を飲んでいる。

「私には家事の才能はないが、飲み物を作る才能はある。守里は今頃は……厨房で全員の料理を作っている頃だろう」

「そうですか。……ところで俺は、兄さんを譲る気はまったくありませんから。兄さんが俺の兄であることは生涯変わりませんし、俺が兄さんの一番傍にいます」

波田野は「また始まったよ重症ブラコンがー」とそっぽを向いて無視するが、アシュレイは天使の様な微笑みを返して口を開いた。

「それでいいんじゃないか？　守里も、君が大好きなんだし」

「え？」

てっきり、ガッツリ何かを言ってくるだろうと理論武装まで用意したのに、悠里の目の前にいる男は、自然体というかのんべんだらりんというか、「それはそれでいいんじゃない？」という緩い態度だ。

「あ、あの……」

「私ともっと話をしたいというなら構わないが、今はちょっとね、大事な用事があるから。あとにしよう」

アシュレイは悠里の肩を軽き叩き、彼が作った裏庭への道へ向かう。

「……なんか、敗北感が尋常でないというか」

悠里は納得いかないように眉間に皺を寄せるが、波田野が「そんなことより、俺は宝が本当にあるのかどうか確かめに行くぞっ！」と大声を出したので、仕方なくついていった。


裏庭に全員、アシュレイ、ルースレッド、守里、悠里、波田野の五人が集まった。守里はアシュレイの服を借りて、しかも調理途中だったのでエプロン姿だ。

ルースレッドが、肩に巨大ハサミを担いだまま、鬼軍曹のように仁王立ちする。

そして言った。

「私と兄様は、子供の頃は金髪でした。成長するにつれ、この髪の色になったの」

子供の頃は、金髪……だと？

守里はアシュレイを見て、次に波田野と顔を見合わせた。二人とも考えていることは同じだ。

「子供の幽霊かっ！　あんたが外国人の子供の幽霊だったのかっ！」

「だーまーさーれーたーっ！」

守里と波田野はアシュレイを指さして大声を出す。

だがアシュレイは笑い出したいのをこらえたまま、何も言わない。

「多分、あなたたちが見たという幽霊の正体は私の妹。あの当時はまだ生きていたから、幽霊なんかじゃないわ」

今、なにやらサスペンス的な台詞を聞いた。

守里は「どういうことだ？」とルースレッドに尋ねる。

「私たち家族は……」

今度は、アシュレイがルースレッドの代わりに口を開いた。

そして語る。

父の仕事の都合で、日本とアメリカを行き来していたこと。一番下の妹は、日本のこの屋敷を気に入っていて　アメリカに永住すると決まったときも、ずっとここに住みたいと駄々をこねていたことを語った。

「君たちの噂は、当時から知っていた。通っている学校は違ってもそういう噂は流れてくるものだ。『知ってるか、××小学校の近くにある家は幽霊が出るらしい』とか『外国のスパイが住んでいるらしい』とかね。……父は貿易の仕事をしていてね、それでしょっちゅう家を空けるから、そりゃあ、何の仕事をしているのか周りからは不思議がられて当然だが……」

守里と波田野は「それは申し訳ありませんでした」と顔を赤くした。

「それで、どうしてもアメリカに帰りたくなかった妹は、こともあろうに両親の大事な宝石箱を隠したんだ。中には父が母に贈った婚約指輪も入っていて、母親は半狂乱。そのときの声もまた、『あの屋敷から女の幽霊の悲鳴が聞こえる』って噂になったらしい」

「そりゃあ、お母様も怒るわよ。曾《ひい》お祖母さまの形見の、大きなエメラルドのリングまで隠されたんだから。私、あれを遺産相続で狙っているのよね。あんな大きなエメラルド、今では売ってないわ」

アシュレイが嘆き、ルースレッドがほくそ笑む。

つまり……お宝は本当にあったのだ。

「あ、あの……それで……その、宝石箱は？」

波田野がゴクリと喉を鳴らし、手を上げる。

「結局妹は頑として口を割らず、でも飛行機の時間は迫っているということで、お母様は泣きながらアメリカ行きを断行したわ。だから妹も結局泣き喚いたけど」

なんか凄い話だ。そんな立派な宝石箱を置いてアメリカに行けるなんて。

「母さんはあれだったな、向こうで山ほど宝石を買ってもらってたな」

「お祖母さまがめちゃくちゃ同情してくれたからねー」

結局末の妹のしたことは、なんの成果も上げられなかったのか。やらかしたことは許されるものではないが、可哀相な気がする。

守里は、小学生の頃に出会ったあの子供が、どんな思いで夜中に屋敷を出て、宝石箱片手にうろついていたのかと思うと、胸が締め付けられた。

「誰も、話を聞いてやらなかったのか？　一人で悩んでたんじゃないか？　しかも、俺たちに宝石箱を埋めようとしているところを目撃されたんだ」

守里の言葉に、波田野が小さく頷く。

見つかってしまったあのときは恐怖だけだったが、彼女がどんな思いだったかを知ると、ちょっぴり切ない。

「そして、一年前にいきなり手紙が見つかったの。兄様の汚い部屋の中に『この手紙をもし奇跡的に兄様が見つけられたら……』って、馬鹿にした見出しまでついて」

……そうか、アメリカでも自分の部屋は汚部屋だったのか……。

守里は違うところで目頭が熱くなった。

「宝石箱を埋めた場所が書かれた地図がね……入ってたの。でも、場所を示す×印がいっぱいあって、どれが当たりが分からないようになってたのよ。最悪でしょ？　あの子はいつもタチの悪いことばかりして」

頬を可愛らしく膨らませるルースレッドに、悠里が「でも故人を悪く言うのは……」と困った顔を見せた。

アシュレイとルースレッドは「生きてるよ、妹」と、あっけらかんと言う。

「えっ！　だってさっき、『あの当時はまだ生きてた』って言ったから、こっちはもう死んでるものかと想定して……っ！」

守里は「おい」とつけたしてアシュレイを睨む。

「死んでもいいくらい憎たらしいから、ついそう言ってしまうのね。ふふ。あの子は、今はアマゾンの奥地でカメラマンをしているわ。うちの一族は変わり種ばかりなの」

ルースレッドは、変人一族の一人として胸を張って微笑む。

「了解。これで謎が解けた。……しかし、本当に宝石箱が発見されると思うか？　一年前まで買い手がつかなかった屋敷だが、誰も出入りしていないとは断言できない。俺は宝箱がある方に期待するけど」

もう宝箱扱いだ。波田野は、二十年来の謎がようやく解けると、やる気がみなぎっている。彼は同窓会があったら絶対に話す気だ。守里は苦笑しながら幼なじみを理解する。

「……で、この場所が最後の×印地点。大ざっぱな印だから、取りあえず全員で掘っていこうかと思うんだが？」

アシュレイの問いかけに、首を左右に振る者はいない。もうすぐ、子供の頃の冒険の決着がつく。それをこの目で見てみたいのだ。

「よし。では、ここに一列になって、順番に掘っていこう。子供が掘った穴だから、そんなに深いことはないと思う」

アシュレイの号令で、全員が手に園芸用のスコップを持った。そしてしゃがみ込む。

「頑張ってね、みんな」

あくまで、ルースレッドは応援組らしい。

「あの、一つお願いがある。ルースレッドさん、鍋の火を止めてきてくれ。そうすれば、あとは予熱で勝手に味が染みこんでいくから」

「了解したわ守里」

ルースレッドは軽やかに、屋敷に向かって走り出した。

男四人は黙々と地面を掘り、時折休憩を挟み、裏庭を耕した。いや正確には穴掘りだが、遺跡調査の様に丁寧に掘り進めたところ、それぞれ綺麗な畝ができたのだ。

「ここまでやって見つからないとは……どういうことだろう」

アシュレイは溜め息をつく。

「でもこの土、結構いい土だな。太ったミミズがいっぱい出てきた」

守里は「野菜を植えてもいいかも」と思いを馳せた。

「はー、煙草が旨い」

波田野は簡易灰皿を片手に一服を始め、悠里だけが黙々と土を掘り起こしている。

「お前も少し休め。……というか、せっかくの日曜なのに、手伝わせて悪いな悠里」

「平気平気。……ここまでやったんだから、俺は絶対に宝箱を見つけ出す。意地でも見つけ出す。ここまでやって『実は埋めてません』なんて、そんな意地の悪いことはないだろう。だから、絶対に見つける」

真剣な眼差しで地面に話しかける悠里。それを見て、子供の頃から悠里を知っている守里と波田野は「頑固が発動したか」と笑い合う。

「母はすでに宝石を放棄しているから、もし見つかったら何か持っていくかい？　私は構わないよ」

アシュレイのひと言で、波田野が本気になった。彼は簡易灰皿に煙草を入れると、鋭い目付きで地面を掘り進めた。

「俺は別に……石に興味ないな。どうせなら、ドイツ製の包丁のセットとか、新しい業務用のガス釜とか、そういうのがほしい」

料理人らしい言葉に、アシュレイは歯を見せて笑う。

「では、自分の母親にプレゼントするのはどうだろう。守里のマダムなら宝石負けしない」

その手があったか。

「よし、じゃあ俺も頑張って……」

「あったっ！　当たりっ！　当たったたっ！」

守里の声に悠里の大声が重なる。

アシュレイは立ち上がって、悠里が持ち上げた宝石箱の元へ走った。

宝石箱は二〇センチほどの長方形で、どうやら銀でできている。見た目よりかなり重い。

アシュレイは丁寧に泥を払い、黒くすすけた宝石箱をまじまじと見る。

繊細な装飾が全体に施され、汚れていてもかなりの値打ちだと分かった。

みなしばらくは沈黙し、それを見つめる。

「ところどころ……光っているのは、もしかして宝石が埋め込まれているのか？」

日光に反射する光は、どう見ても眩しすぎる。

「ああ。確かダイヤだったかな。母の祖先はもとはヨーロッパの貴族で、アメリカに移民するときに全財産を持って行ったと言っていた。その中の一つがこれだと」

御貴族様の遺産ですか。凄すぎる。

聞いた守里は「ほほう」としか言えない。

「とにかく、これを持って屋敷に戻ろう。腹も減ったしな」

アシュレイは、ずっしりと重い宝石箱を両手で抱えて歩き出す。守里たちは満ち足りた表情で、その後ろをゆっくりと追いかけた。

みな腹が減っているはずだが、今は好奇心が勝った。

全員で厨房に行き、作業台にビニールシートを広げて宝石箱を置く。

箱には鍵などなく、隙間に埋まっていた土をドライバーで乱暴にこそげ取ると、簡単に開いた。

そして全員が沈黙する。

キラキラと目映い宝石の山だ。パールには艶がなくなってしまっていたが、それ以外のものは信じられないほど保存状態がよかった。

「見て、このエメラルド。……こんなに大きくて偽物みたい」

ルースレッドは緑色のゼリー菓子のようなエメラルドの指輪を見て、うっとりと呟く。

波田野は「こんな高そうなもの、逆にもらえない」と呟いた。それは守里と悠里も同じだ。やはりこれは、本来の持ち主が持つべきだ。

「これで……謎が解けたわけだ」

「ああ。ところで宇野坂。俺は近々同窓会を開こうと思う。うちわのな。お前も是非参加してくれ」

やはりそう来たか。

守里は「もちろんだ。証人として参加する」と笑った。


波田野は、守里の作った具沢山の野菜スープとパンケーキを山ほど食べ、宝石の山を携帯電話のカメラで幾つも撮り、ついでにルースレッドと携帯電話のアドレスと電話番号を交換し、「今度是非、合コンをしましょう」と固く約束して先に帰っていった。

「あいつ……いったい何をしにここまできたんだ？」

不思議そうに首を傾げる守里に、悠里が「来月の試食会に、精肉加工会社の友人を連れて行っていいか……とか言ってた。その話じゃないか」と言う。

精肉加工会社が。うん。いいな。ここは一つ、コネを作っておこう。

守里は「ふむ」と深く頷き、弟の頭を撫でる。

「え？　何？　そういう子供っぽいことをしないでくれるかな？　恥ずかしいから」

悠里は、アシュレイがいる前ではいやなのだが、守里には今ひとつ伝わらなかった。

「あー……そうか、兄離れか。そうだよな。いつまでも兄ちゃんに甘えてられないって？　悠里」

「え？　違う。そうじゃなくて……」

「一緒に風呂に入って、背中を流してもらうこともないのか。兄ちゃんは寂しい」

これにはルースレッドが「えっ？」と頬を染め、アシュレイは眉間に皺が寄った。

「ちょ……ちょっといいかな、守里。その年で、弟と風呂に入るのは如何《いかが》なものかと、私は思うんだが」

恋人同士に成り立てホヤホヤのカップルは、些細な出来事にも動揺する。

アシュレイは「それは少々不健全だ」と、己を棚に上げて守里を諭した。ルースレッドはルースレッドで、「brotherhood《兄弟愛》ステキだわ……」と呟いて悠里に微笑む。

「……まあ、なんだ。その……宝石箱が見つかってよかったな」

守里は「アシュレイはまだ日本にいてくれるのか？」と付け足した。

今は日本でも仕事をしているが、もともとアシュレイは、この宝石箱を捜すためにやってきたのだ。

「馬鹿な子だね、守里。私の仕事はネット回線があれば世界中のどこででも構わないんだ。だから、日本にいるよ。君の傍にね」

「でも、ほら……立ち退き……」

「ああ、立ち退きはするかな。そしたら、もっと君の店に近いところにマンションを買って、そこに住む。そうすれば、間違いなく君の手作り料理が毎日食べられるだろう？」

優しく微笑みながら説明するアシュレイの前で、守里の顔はみるみるうちに赤くなる。

「ば、馬鹿……野郎……っ、弟がいる前で……そんなことを……言うとは……っ」

「俺は何もかも知ってるから、兄さん」と悠里。

「私も全部知ってるから」とルースレッド。

二人の前で、守里は椅子から転げ落ちた。なんだこれは。

「兄様は一族にカミングアウトしているから、みんな知ってるの。でもほら、うちって変わり種ばかりだから、たいして気にしない。私は普通に男の人が好きよ。でも……綺麗な男同士も好き。だって絵になるじゃない？　美しさって正義だと思うの」

ルースレッドはあっけらかんと、持論まで言い出した。

「俺は……そうだな。兄さんの幸せが俺の幸せだから。……それに、よく考えたらさ。兄さんが変な女子と結婚して苦労するより、この人の方がましじゃないかと」

それはちょっと……我が弟ながら、言い方が酷いです。仮にも、というか隠された関係でありますが、アシュレイは君の「義兄」になるんですよ。

守里は赤面して、アシュレイとルースレッドに頭を下げる。

「まあまあ。別にそれでいいじゃないか。面と向かって反対されるよりも」

「それでも……親しき仲にも礼儀あり、ということで」

「そうか」

「そんじゃ、騒ぎも一段落ついたから、今度は屋敷の中を掃除するか！」

なんですと？

守里以外の全員が、波が引くように守里から引いた。

普段は頭脳労働の方が多いアシュレイと、初めて鎌を握って疲労困憊《こんぱい》の悠里は、守里の言葉に「信じられない」と愕然とする。

うっとりと宝石を見ていたルースレッドも同じだ。

「……どうした？　おい、さっさと済ませようぜ」

「守里。私は君に、一番休んでいてほしいんだが」

アシュレイはそう言って溜め息をつく。

「俺は面倒臭いことはちゃっちゃと済ませたいんだよ。それに今、体調はすこぶるいい」

守里は「俺は意外とタフだ」と言って、胸を張る。

このままでは、守里一人で掃除をしそうな勢いだったので、アシュレイと悠里は疲労した体に鞭《むち》打ち、屋敷の掃除を手伝った。

◆◆◆

誰もが思った。

まさかこの御屋敷の庭で試食会が開催されるとは思わなかった、と。

もうすぐ梅雨がやってくるというのに、今日は朝からとてもいい天気で、商店街から便乗出張してきた酒屋のビールも飛ぶように売れる。

「今年の試食会は、ちょっと規模が大きくなったな」

守里は三角巾にエプロンというふいつもの「戦闘服」で、早くもできあがっている常連客の皆様方を見て笑った。

バイトの真衣美は「そんなに飲んだら、次から次へと出てくる総菜が食べられませんよー」と、おじ様たちを飄々と叱りつけている。

マンション業者に売ることになったこの家も、最後に役に立てばいいとアシュレイが場所を提供した結果の、「食べる場所だけはいっぱいあるよ」試食会。

アウトドア用のテーブルや椅子は常連客の持ち出しで助かった。しかも波田野のはからいで、精肉加工業者の営業の「うちの肉を使ってみませんか」というお誘いをありがたく受けたので、作りたかった総菜は予算内に収まった。

悠里はできあがった総菜の大皿を持ってテーブルを駆け回り、ルースレッドは「ちゃんとアンケートを書いてくださいね！」と念を押して回っている。

母の結も、今日は具合がよくて商店街の人々と語り合っていた。

「兄さんっ！　巾着肉団子が凄い人気っ！　あと、ショートパスタはミートソースもチーズしかかけてないのもみんな美味しいって！　……あ、これってさー、うちで食べてるチャーハン？」

厨房では守里が八面六腑の大活躍で総菜を調理している。寸胴や鍋には、仕上げを待っている総菜が山ほどあった。

悠里は、作業台の上にあった卵とネギのチャーハンを見つめて笑う。

「おう。ちょっとな、試しに作ってみた。それを持って行ってくれ」

「恥ずかしいなあ、うちで食べてるものを出すのって。いや、旨いのは分かってるんだけどさ」

悠里は照れ笑いを浮かべ、チャーハンを持って行った。

「守里。こっちの野菜は全部皮を剥いたぞ。素揚げにしてくれ」

ずっと厨房の隅で黙々と野菜の皮を剥いていたアシュレイは、清々しい顔でバケツを持ち上げる。

「サンキュ。……そしたら、もう休んでくれ。冷蔵庫に冷えたビールが入ってるだろ？

今朝、酒屋のオッサンが持ってきてくれたんだ」

「では、洗い物を済ませてからありがたく戴こう」

「おい、休めよ」

「いや、大して働いていないぞ。……では、君のために旨い茶でも淹れようか？」

旨い茶で、守里の目が輝いた。

「俺、あれがいい、あれ、凍頂烏龍茶！　あれの香りが一番好きだ」

「そうか」

アシュレイは茶葉の棚からご指名の缶を取り出し、茶器を用意する。

忙しく両手を動かす守里と対照的に、アシュレイの動作は優雅でおっとりしていた。

「……よっしゃ、蒸しナスとキュウリのそぼろあんかけのできあがり、と」

守里は大皿に総菜を盛り、上からネギのみじん切りを振りかける。

それを空の大皿と交換するように、真衣美が持って行った。

「……あと、春雨と豚ひき肉のイカ詰めを作って、あと二分で豆腐とエビのシュウマイができあがって……そっちの寸胴はチリコンカン。こっちはとっておきのトムヤムクン、と」

守里はシュウマイのタイマーを見つめ、ふうと額の汗を拭った。

「お疲れ様」

目の前に差し出されたのは茶杯でなく耐熱グラスだ。

守里は「なんだこれ」と笑って受け取る。

「一気に三杯分ぐらい？　……あー、いい香りだなあ」

「香りだけではないぞ」

「知ってる」

こと飲み物に関して、守里はアシュレイの足下にも及ばない。グラスの茶を大事に一口飲んで、「極楽」と年寄り臭い感想を漏らす。

「では、私もその極楽とやらを堪能しよう」

アシュレイの唇が守里のそれに重なり、優しく香りを奪っていく。

「それだけか？」

触れるだけのキスでアシュレイが満足するはずがない。彼とつき合うようになって、守里はそれを覚えた。

「今は」

そう言いつつ、アシュレイは再び守里にキスをする。今度は目尻だ。くすぐったくて、なんだか心の中が甘酸っぱい気持になっていく。ああこれが恋ってもんなんだなと、三十路間近だというのに守里の心は女子高生状態だ。

「そうだ、アシュレイ」

「ん？」

「仕事……ちゃんと進んでるか？」

守里の問いにアシュレイはすっと視線を逸らした。守里は問い詰めようとしたが、タイマーが「シュウマイが蒸し上がった」と知らせたので仕方なく蒸し器に向かう。

「俺にベタベタしてるだけでなく、ちゃんと仕事するって言ったじゃないか。俺はエージェントさんが気の毒になってきたぞ？」

食べ物の前では怒鳴れない。なので守里は、一旦アシュレイを向いて叱りつけた。

「満ち足りてしまうと、なかなか書けないのだなと。知り合いが、『作家は適度に不幸な方がいい』と言っていたが、私は今、それを実感しているところだ」

アシュレイは、幸せすぎで楽しいと付け足す。

「自慢するなよ、気恥ずかしい」

「君のおかげだ。食事も旨いし、ベッドの中でも努力を欠かさない、最高の恋人だ。日本に来て、本当によかった」

守里は自分の恋人ながら「リア充爆発しろ」と思った。ちなみにこの台詞は、悠里のクラスメイトがよく使っているらしい。「幸せなヤツって許せない」という意味で爆発させられたらたまったものではないが、言いたいことはよく分かる。同意語で、ラブラブカップルの男性に対して「もげろ」という妬みの呪文も存在する。何がもげるのかどこがもげるのか、察するべしと言ったところだろう。

「兄さん、シュウマイは…………って、食欲を満たす場所で性欲は満たさないで欲しいんだけど、アシュレイさん。兄さんから離れろ」

悠里は、ぴったりと寄り添ってニコニコと微笑みあっている二人、特にアシュレイに注意をした。

「失礼」

アシュレイは優雅に離れ、守里はちょっぴり頬を赤くする。

「シュウマイならそこにできたてがある。何もつけずにそのまま食べろと言ってくれ」

「わかった。それと、さっきのチャーハンは、弁当にしろって商店街の会長さんに言われた。父さんの作ったチャーハンに味がそっくりで、懐かしいって泣きながら食べてた」

「そっか。じゃあ、前向きに検討しよう。それと、あと十五分ほどしたら今度は煮物部隊とチリコンカン部隊が突入する。トムヤムクンを食べたい女子のみなさんは、冷めるまで一時間待てと言ってくれ」

悠里は「了解」と言いながら、シュウマイを持って厨房から出た。

「……で、さっきの仕事の話だが、アシュレイ」

「聞こうじゃないか」

「あのな、仕事をしない作家は無職とどこが違うんだ？」

「う……」

「毎日の積み重ねが大事なんじゃないのか？」

「それは、そうだな」

「今書いている話が進まないなら、いっそ、別主人公で。舞台はアメリカなんだろ？だったら、どこかのダイナーの従業員が主役で……」

そこまで言って、守里がくすくすと笑う。

アシュレイも「じゃあ、バディとして作家を出そうか？　おかわり自由のコーヒーしか頼めない、売れない作家」と、話に乗った。

「最後はハッピーエンドにしろよ？　俺、途中で呪い殺されたり、化け物に囓《かじ》られて腐るのはいやだかんな？」

「当然だ。……うん、なんかいいアイデアが湧いてきた。面白い話が書けそうだ」

「そうか。じゃあ、原稿が終わった暁には、俺が立派なケーキを焼いてやる」

「ご褒美は先払いがいい」

「先生、それは都合がよすぎる」

守里はにっこりと微笑んで、今度は自分からキスをした。

あとがき

はじめまして&こんにちは。高月《こうづき》まつりです。

今回は、変な外国人と商店街の兄貴のハートフルのんびりラブストーリーになりました。

私の書く物なので、兄貴は受けです。

商店街には、よくお総菜屋さんがありますよね。うちも近くにでっかい商店街があるので、ちょくちょく利用してます。旨い総菜の店は、ちゃんとチェック入れます。あとね、味噌専門店とか、お茶専門店とか。

守里兄貴みたいな料理上手の受けがほしいです。きっと美味しいご飯を毎回用意してくれるんだ。あ、でもお茶を淹れるのが下手なひとは、ちょっといやです。不味い茶には日本物外国物問わず悲しくなります。

そして、守里が作ってる料理は、取りあえず一回は私が自分で作った物です。鶏ハム最高です。簡単で旨い。ネットで検索すると作り方が色々ヒットするので、是非試してみてください。あと、たまーに食べたくなる果物入りポテトサラダ。ポテトサラダってほんの少し甘みが入るだけで、味がノスタルジックになるんですよね。不思議です。ただ、しょっぱい物と甘い物を合体させるのが苦手な人も大勢いるので、スタンダードとは違うんだと思います。私は酢豚のパイナップルが大丈夫な人間ですが、これは結構駄目な人が多いですよね。私はある日突然……いや、友人が彼氏の弁当に入れ損ねた「パイナップルのベーコン巻き」が余りに旨くて、それ以来、果物と総菜の組み合わせは平気になりました。

……って、食べ物のことばかり語ってすんません。最近、書いてて詰まると、いきなり料理を作るようになったので、つい。下手の横好きも日々の積み重ねがあれば、それなりになっていくと願いたい。

というわけで、守里は末永くアシュレイを餌付けし続けると思います。羨ましいなー。弟の悠里君は……将来は「あなたがブラコンでも好きよ」と言ってくれる凄くいい子とおつき合いするんだろうな。で、アシュレイの小説はテレビドラマ化されるでしょう。アメリカで。楽しそうな将来が待ってる筈です。

イラストを描いてくださった高城《たかぎ》たくみさん、本当に本当にありがとうございました！そして、何もかもをジャンピング土下座いたします。あんなカッコイイ兄貴！　守里兄貴が……っ！　たまらなく好みです。ど真ん中です。アシュレイも素敵すぎます。しかし、やはり守里がカッコイイ。たまりません。本当にありがとうございました。

担当さん、本当に……こちらにも、私はジャンピング土下座です。本当にありがとうございました。

そして、最後まで読んでくださった皆さん、またお会いできれば幸いです。

■はじめまして、挿絵を描かせて頂いた高城たくみです。個人的にはブラコンの弟王子がツボでした（笑）年下攻めな上にブラコン美少年とかとてもおいしいですよね！

KAIOHSHA ガッシュ文庫

しめきりはご飯のあとで
(書き下ろし)

高月まつり先生・高城たくみ先生へのご感想・ファンレターは
〒102-8405 東京都千代田区一番町29-6
(株)海王社 ガッシュ文庫編集部気付でお送り下さい。

しめきりはご飯《はん》のあとで

2012年6月10日初版第一刷発行

著　者　高月まつり[こうづき まつり]
発行人　角谷 治
発行所　株式会社 海王社
〒102-8405 東京都千代田区一番町29-6
TEL.03(3222)5119(編集部)
TEL.03(3222)3744(出版営業部)
www.kaiohsha.com
印　刷　図書印刷株式会社

ISBN978-4-7964-0314-6

ガッシュ文庫

小説原稿募集のおしらせ

ガッシュ文庫では，小説作家を募集しています。
プロ・アマ問わず，やる気のある方のエンターテインメント作品を
お待ちしております！

応募の決まり

[応募資格]

商業誌未発表のオリジナルボーイズラブ作品であれば制限はありません。
他社でデビューしている方でもOKです。

[枚数・書式]

40字×30行で30枚以上40枚以内。手書き・感熱紙は不可です。
原稿はすべて縦書きにして下さい。また本文の前に800字以内で、
作品の内容が最後まで分かるあらすじをつけて下さい。

[注意]

・原稿はクリップなどで右上を綴じ、各ページに通し番号を入れて下さい。
また、次の事項を1枚目に明記して下さい。

タイトル、総枚数、投稿日、ペンネーム、本名、住所、電話番号、職業・学校名、年齢、投稿・受賞歴（※商業誌で作品を発表した経験のある方は、その旨を書き添えて下さい）

・他社へ投稿されて、まだ評価の出ていない作品の応募（二重投稿）はお断りします。

・原稿は返却いたしませんので、必要な方はコピーをとって下さい。

・締め切りは特別に定めません。採用の方にのみ、3カ月以内に編集部から連絡を差し上げます。また、有望な方には担当がつき、デビューまでご指導いたします。

・原則として批評文はお送りいたしません。

・選考についての電話でのお問い合わせは受付できませんので、ご遠慮下さい。

※応募された方の個人情報は厳重に管理し、本企画遂行以外の目的に利用することはありません。

宛先

〒102－8405　東京都千代田区一番町29－6
株式会社 海王社　ガッシュ文庫編集部　小説募集係